Überreicht mit den besten Empfehlungen
Buchhandlung Alte Mühle, Meran

Vorwort

Dieses Buch versammelt Storys, Erzählungen, Kurz- und Kürzestgeschichten von jungen AutorInnen, die einige Dinge gemeinsam haben: ihren Geburtsort in Südtirol und die Tatsache, dass sie allesamt noch keine vierzig sind. Und so verschieden sich die Themen, literarischen Verfahren und Erzählstile der einzelnen Beiträge auch darstellen, verbindet sie doch eines: es ist keine Heimatliteratur. Weder im traditionellen noch im modernen Sinn. Keine Literatur, in der Südtirol oder das, was man für spezifische Südtiroler Themen hält, als Gegenstand der Betrachtung eine zentrale Rolle spielen würden. Es sind vielmehr Texte, die Welt- und Lebenserfahrungen von AutorInnen reflektieren, welche bis auf wenige Ausnahmen „ziemlich herumgekommen" sind. Berlin, Peking, Wien, USA, schon die Stationen aus den Lebensgeschichten einiger AutorInnen reden davon, dass ihre Welt nicht am Brenner endet oder in Salurn. Eine junge AutorInnengeneration hat sich aus Südtirol hinausgeschrieben und Texte zurückgebracht, die keine Bergluft mehr atmen, befreiter und urbaner wirken. „Aus der Neuen Welt" ist zwar kein Programm, aber vielleicht ein Signal für die Entwicklung einer Gesellschaft und ihrer Literatur.

Die Idee für dieses Buch stammt aus unverdächtiger Umgebung, nämlich aus einem Buchladen. Die Buchhandlung „Alte Mühle" in Meran ist Impulsgeber und Sponsor für diese Sammlung, wofür herzlich gedankt sei. Sich selbst und den LeserInnen ein Buch zum 25-jährigen Geburtstag der Buchhandlung zu schenken, erschien mir ein wunderbarer Einfall und Anlass genug, an dieser Sammlung mitzuwirken.

Sepp Mall
Meran, Sommer 2003

Igo Lanthaler

Aus der Neuen Welt

Paul war neunundzwanzig Jahre alt, und als er zum
Telefon ging, kam es ihm merkwürdig vor, daß er nie
vorher in seinem Leben die Notrufnummer gewählt
hatte. War auf technischer Ebene keine große Sache, das
Eintippen der Geheimnummer am Bankomat-Schalter
war komplizierter. Nur daß in diesem Fall kein Geld
rauskommen würde. Allerdings würde die Meldung am
Ende dieselbe sein: Vorgang beendet. Denn daß es das
Ende war, wußte Paul auch jetzt schon: sie würden die
Polizei einschalten, und egal, was er ihnen erzählte, sie
würden nicht glauben, daß es ein Unfall war. Der Mann
am anderen Ende der Leitung wollte wissen, was genau
passiert sei, und Paul sagte, daß die *genaue* Rekonstruk-
tion eines Unfalls immer auf Spekulation hinauslaufe. Es
kam ihm reichlich pedantisch vor, was er da sagte, doch
etwas anderes fiel ihm nicht ein. Der Mann vom Notruf
konnte mit der Auskunft nichts anfangen und stellte ein
paar kurze, knappe Fragen. Aber Paul war kein Idiot: das
Verhör kam später an die Reihe, um das zu wissen,
mußte man nicht einen Kurs in Drehbuch-Schreiben
belegt haben. „Hören Sie", sagte er ganz ruhig, „ich
sage Ihnen, in welchem Hotel ich wohne, und Sie
schicken einen Krankenwagen! Mehr verlange ich
nicht." Der Mann schien dann irgendwie eingeschnappt
zu sein und Paul legte auf.

    Nachher hörte er sich die Platte an, die sich seine
Mutter manchmal angehört hatte, eigentlich immer nur
dann angehört hatte, wenn sein Vater nicht dagewesen
war. Abends und an den langen verregneten Sonntag-
nachmittagen, wenn er im Wohnzimmer über seinen

Geschichtsbüchern gesessen hatte, hatte Pauls Mutter nie Musik gehört. Auch wenn die Leute immer wieder sagen, daß kein Mensch sich der Musik verschließen könne: sein Vater konnte es. Orchestermusik ließ ihn kalt. Das, was man einen Ohrwurm nennt, ödete ihn an. Opernsänger verabscheute er genauso wie Kinderstars. Und wenn Paul später – ein paarmal kam es vor – in seinem Zimmer eine Rock'n'Roll-Platte auflegte, stand sein Vater in der Tür und machte ein Gesicht, als sei ein Meister der Schwarzen Magie ins Haus eingedrungen, um ihm ein Krebsgeschwür anzuhängen. Weil Pauls Mutter eine Frau war, die – zu dieser Einsicht kam Paul sehr viel später – nie gelernt hatte, Treue und Verbundenheit von Selbstverleugnung zu unterscheiden, wagte sie es nicht, in der Gegenwart ihres Mannes Musik zu hören, *wirklich* Musik zu hören und nicht nur nebenbei, beim Bügeln oder Kochen. Sie litt natürlich unter der Anpassung an diese Absonderlichkeiten, aber aus irgendeinem Grund schöpfte sie auch Kraft daraus. Man mußte Opfer bringen, mit zunehmendem Alter betonte sie es immer häufiger: nur dann blieben die Dinge im Lot.

Als sein Vater einmal nicht da war – Paul war sieben oder acht –, rief ihn seine Mutter ins Wohnzimmer. Dort, auf dem Sofa sitzend, schaute er zu, wie sie eine Platte aus der Hülle nahm. Seine Mutter sah so viel jünger aus in diesem Moment und hatte ein Lächeln im Gesicht wie auf den Fotos aus ihrer Jugend, und als sich die Platte wie ein großer schwarzer Kreisel auf ihren Fingerspitzen drehte, wußte Paul, daß er dieses Bild nie vergessen würde. Die ersten Töne erklangen, und seine Mutter setzte sich zu ihm auf das Sofa. Draußen vor dem Fenster grasten Kühe. Die Musik war keine gewöhnliche Musik, und Paul glaubte es seiner Mutter gerne: die Musik war eine *Symphonie*. Der Mann, der sie sich ausgedacht hatte, stammte aus Böhmen. Er hatte im Park in einer großen amerikanischen Stadt Tauben gefüttert, als ihm die Idee dazu gekommen war. Sie saßen ganz still da, Paul mit seiner Mutter, und zum ersten Mal ging ihm auf, wie schön das Leben ohne seinen Vater sein konnte. Am nächsten Tag schwänzte er die Schule. Als er zu Mittag nach Hause kam, stand sein Vater im Flur. „Du warst heute nicht in der Schule", sagte er. Paul starrte auf den gelockerten Krawattenknoten unter dem roten Gesicht seines Vaters und verhedderte sich in die Einzelheiten einer Geschichte, die er sich ausgedacht hatte und die jetzt, da er sie erzählte, keinen Sinn ergab. Seine Mutter erschien in der Tür zur Küche, und sein Vater sagte, daß es mit Paul ein schlimmes Ende nehmen würde. Er sagte: „Was zum Henker denkt sich der Junge eigentlich?!" Er zeichnete ein düsteres Bild von der Zukunft, in der Paul kein Dach über dem Kopf haben und nicht in der Lage sein würde, sich auch nur eine Semmel zu kaufen. Der Mutter zugewandt, sagte er: „Von wem hat er es eigentlich, dieses Herumzigeunern?" Er ließ die Frage im Raum stehen und schickte Paul – am hellichten Tag – schlafen. Paul ging an ihm vorbei zur Treppe. Oben drehte er sich noch mal um und sagte: „Ich habe mir heute nicht nur eine Semmel, sondern gleich ein ganzes Weißbrot gekauft, und das war so groß wie ein kleiner Traktorreifen!" Und als er sagte, daß er mit dem Weißbrot Tauben gefüttert hatte und daß das wohl nichts Schlimmes sei, fing seine Mutter an zu weinen.

Paul wartete auf den Krankenwagen, und obwohl die *Symphonie* in voller Lautstärke lief, hatte er den Kopf voll von einer anderen Musik: es war jene Melodie, die er damals im Park beim Füttern der Tauben vor sich hingesummt hatte und von der er später – als er sich schon nicht mehr daran erinnerte – immer angenommen hatte, sie sei wunderschön und ein bißchen verrückt gewesen. Jetzt war sie wieder da, in seinem Kopf, und Paul wußte: sie war nicht nur wunderschön und ein bißchen verrückt, sie war auch von einer unendlichen Traurigkeit. So traurig wie sein ganzes Leben.

Dabei hatte es so gut angefangen, an diesem Morgen vor zwei Tagen. Richtig in Form war er gewesen, als er so gegen zehn den Lieferwagen in die Einfahrt zu einem vielversprechenden Einfamilienhaus nicht weit vom *Moskito* gefahren hatte. Es war seine letzte, seine allerletzte Tour gewesen, und er hatte auf der Fahrt sogar ein paarmal gejauchzt bei dem Gedanken daran, daß es endlich ein Ende haben würde, das Klingeln, das Herunterbeten billiger Slogans, das Gefühl, mit zweifelhaften Sprüchen unbedarfte Leute übers Ohr zu hauen. Als er sich vor dem Rückspiegel die Haare kämmte – er hatte sich das im Lauf der Jahre zur Gewohnheit gemacht, sah er einen Mann im besten Alter und er fragte sich, wie er je hatte daran zweifeln können, daß er es nicht schaffen würde. Gut, er mochte manchmal ein bißchen kaputt aussehen, ein bißchen nach ungesunder Lebensweise, vielleicht sogar ein wenig nach *Rauschgiftkonsument*, und das war dann doch reichlich unglaubwürdig für jemanden, der *Schlaf dich fit* auf seinem Lieferwagen stehen hatte. Allerdings, wenn er es jetzt, angesichts des neuen Arbeitsvertrages, den er ein paar Stunden später mit der Personalchefin von *Soft & Sonderling* abschließen würde, in einem etwas nachsichtigeren Licht betrachtete: letztlich zählten Tugenden wie Einfühlungsvermögen und Menschenkenntnis mehr als ein paar Falten im Gesicht. Er hatte sich all die Jahre wacker geschlagen. Die Provision war miserabel und Urlaub seit einiger Zeit – seine Frau sagte: seit einer Ewigkeit, aber es waren nicht mehr als ein, zwei Jahre – nicht mehr drin gewesen. Dennoch: andere hatten zum Strick gegriffen, weil sie mit den Zinsen nicht mehr nachkamen.

Paul fuhr sich mit den Händen übers Gesicht. Ein Mann, der seinen Lebensunterhalt mit dem Verkauf von Kräuterkissen verdient, hat weder Zeit noch Geld, die Hälfte des Jahres in irgendeinem Wellness-Club zu verbringen, bei Mineralwasser und Entspannungsmusik. Das Leben hinterließ Spuren, und das war auch gut so. Es gab da draußen eine Menge Frauen, die ihre langweiligen Männer mit den tadellosen Haarschnitten und der einwandfreien Haut satt hatten und mehr vom Leben erwarteten als die Fernseh-Erstausstrahlung eines zweitklassigen Spielfilms und in den Werbepausen Slogans wie *Rauchen ist doof* und *feel free to say no*. Aber Paul hatte in dieser Hinsicht ohnehin keine Ambitionen: die Frau, mit der er verheiratet war, bedeutete ihm alles.

Er raffte das Werbematerial zusammen, schnappte sich die Tasche mit den Kissen und warf einen letzten Blick in den Rückspiegel. *Rauschgiftkonsument*, was für ein Blödsinn! Er hatte immer noch volles, dunkles Haar, und unterm Strich war Charisma doch wichtiger als gutes Aussehen!

Das Haus war keine architektonische Meisterleistung, aber Paul kostete es richtig aus, als er darauf zuschritt. Ob er die Arztroman-Variante wählen sollte, seine ganz persönliche, äußerst absatzfördernde Mischung aus Iris-Diagnose und Romantik? Frau öffnet die Tür, Paul blickt ihr tief in die Augen und sagt: „Keine gute Nacht gehabt, Schätzchen, habe ich recht?" War immer ein bißchen riskant gewesen, hart an der Grenze zu dem, was man in den Zeitungen dann als „Junge Frau von Vertreter belästigt" zu lesen bekam. Manchmal hatte er sich einfach am Wetter orientiert, an Regentagen zum Beispiel, wenn alles grau und verhangen war, auf

Transparenz und Klarheit gesetzt. „Es gibt einen Weg, Ihre Schlafprobleme in den Griff zu kriegen, und dieser Weg bin ich!" Heute schien die Sonne, und als Paul den Finger über die Klingel gleiten ließ, hatte er noch immer keine Ahnung, wofür er sich entscheiden würde. Zuviel hatte er in den letzten drei Jahren ausprobiert. Würde er eben seine Jazz-Nummer abspielen und improvisieren, darin – das mußte auch mal festgehalten werden – war er sowieso am besten. Klingeln, die Seele des potentiellen Kunden bis auf die allerletzte ihrer Kuriositäten durchschauen und das Thema umspielen wie ein Posaunist von Gottes Gnaden …

Der Mann in der Tür war nicht viel älter als Paul und er blickte recht freundlich und aufgeschlossen, obwohl sein Äußeres im ganzen etwas *asozial* wirkte. Aufgeschwemmtes Gesicht, Jogginganzug und Turnschuhe, die aussahen als kämen sie vom Komposthaufen. Kein Fall für „Schätzchen" und Iris-Diagnose, schade! Aber Paul hatte ja ein bißchen mehr auf dem Kasten als den romantischen Augenaufschlag. Im vorliegenden Fall war wohl *Minimalismus* angebracht. Ohnehin durfte man in der delikaten Phase zwischen Beschnuppern und Zuschnappen nicht lange um den heißen Brei reden. Es machte die Leute skeptisch, wenn da ein Fremder an der Tür stand und sich über das Wetter ausließ. *„Schlaf dich fit"*, sagte Paul. Das war knapp und verständlich: ein Name, ein Programm. Telegrammstil eben. Besser konnte man sich nicht präsentieren. Paul war in Form. „Ja?", sagte der Mann in der Tür. Paul holte eins der Kräuterkissen aus seiner Tasche und balancierte es auf drei Fingern. „Gefüllt mit Kräutern und Heu von entlegenen, unberührten Almen." Der Mann im Jogginganzug kratzte sich am Hals und sagte: „Almen, was für Almen?" Er sprach mit schwacher Stimme, und der Tonfall war etwas schlampig, gedehnte Silben wie bei einem Depressiven. Unter anderen Umständen hätte Paul das wahrscheinlich beanstandet. Aber es war seine letzte Tour, und – von einer anderen Warte aus betrachtet –: jeder Trottel legte sich heutzutage eine geschulte, trainierte Stimme zu. Man holte sich einen Installateur ins Haus, der nichts anderes tun sollte, als sich um ein verstopftes Abflußrohr zu kümmern, und anstatt es frei zu machen, marschierte er mit der Rohrzange im Garten auf und ab und führte seine *geschulte, trainierte Stimme* vor, als ginge es um einen Job als Nachrichtensprecher. Abgesehen davon: ein *potentieller Kunde* mit lausiger Sprechweise war allemal besser als einer mit vorschriftsmäßiger Bühnensprache, der bloß durch den Spion in der Tür nach draußen glotzte und die Minuten zählte. „Entspannung", sagte Paul, „in jedem Hinterhof will man Ihnen heutzutage Entspannung verkaufen, Ayurveda und den ganzen anderen Kram. Haben Sie mal darüber nachgedacht, warum Schlafhygiene immer noch ein Fremdwort ist?!" Das war zugegebenermaßen ein gefährlicher Schachzug, denn manchmal geriet man an empfindliche Leute, die große Stücke hielten auf all den fernöstlichen Quatsch. Die nahmen es dann gleich persönlich. Der Mann im Jogginganzug sah auf seine Turnschuhe hinunter und sagte: „Fremdwort, was für ein Fremdwort?!" Paul setzte ein Lächeln auf und knautschte das Kissen. In seiner Laufbahn hatte er gelernt, viel Geduld aufzubringen. Sicher, die Wortmeldungen dieses *potentiellen Kunden* forderten Rückschlüsse auf einen mangelhaften IQ geradezu heraus, aber war das ein Grund, das Handtuch zu werfen? Paul hatte schon Kaufverträge mit ganz anderen Leuten abgeschlossen. Manche hatten ihm sogar abgenommen, daß die Kissen eine echte Hilfe bei Blasenschwäche seien. Er wußte eben, wie man die Leute nehmen mußte. Maria, die Kellnerin vom *Auerhahn*, wo er nach seinen Klingeltouren manchmal hinging, um ein Bier zu trinken, hatte ihm deshalb vorgeworfen, mit Lügen und Märchen und in ethischer Hinsicht mehr als fragwürdigen Methoden ahnungslose Leute um ihr Geld zu bringen. Er sei nicht besser, hatte sie gesagt, als diese miesen Typen, die von Tür zu Tür gehen und alten, verängstigten Menschen Abos für Polizei-Zeitschriften andrehen, die es gar nicht gibt. Ins Gesicht hatte Paul es ihr damals nicht gesagt, aber gedacht hatte er es bei sich: was für ein blödsinniges Argument, denn schließlich wußten alle seine Kunden, worum es ging, wenn sie ihm nur zuhörten.

Der Mann im Jogginganzug war ganz Ohr, und Paul erklärte ihm, daß Schlafstörungen häufig die Folge gesundheitsschädlicher Kissenfüllungen seien. „Es gibt da eine aktuelle Studie", sagte er, „James Platon Platonsky, die Koryphäe am Zentrum für Schlafforschung, Michigan University, bestimmt haben Sie von ihm gehört, er hat da ein paar interessante Dinge herausgefunden." Als der Mann in dem Jogginganzug „Herausgefunden?! Was denn herausgefunden?!" sagte, kam Paul zu dem Schluß, daß der potentielle Kunde ein Problem hatte: es war nicht bloß der IQ, es war etwas wirklich Gravierendes. „Schon gut", sagte er in mildem Ton und schob ihn sanft zurück ins Haus, „dann geh mal deine Mami holen!"

Ja, es war ein guter Tag. Die Amseln sprangen in den Gärten herum, und früh am Morgen hatte er seiner Frau einen Strauß knallroter Tulpen aus dem Blumenladen geholt und zusammen mit einem Umschlag beim Frühstück überreicht. Da hatte Silvia aber gestaunt: zwei Wochen in einem alten, ruhigen Hotel auf dem Land, wie sie es sich schon lange gewünscht hatte! „Paul", hatte sie gesagt, „ist das wahr?" Und er hatte gesagt, sie habe lange genug darauf warten müssen und jetzt sei es eben soweit. Er hatte sie geküßt, und dann hatte er sein

weichgekochtes Ei geköpft, elegant und stimmig wie
nur ein Mann es konnte, der ein neues Leben beginnt.
Sicher, noch hatte er die Anstellung bei *Soft & Sonderling*
nicht in der Tasche, aber eigentlich handelte es sich nur
mehr um Formalitäten: einen Happen einnehmen in
diesem Schickimicki-Lokal, bißchen Smalltalk über dies
und jenes, vielleicht noch ein letztes Feilschen um das
Gehalt, aber letztlich würde es sich auch dabei um
etwas bloß *Rituelles* handeln. Und zum Schluß der
übliche *Montblanc*-Füller für die Unterschrift. Daß die
Personalchefin ihm gesagt hatte, ohne BWL-Abschluß
sei absolut nichts zu machen, hatte ihn anfangs ein
wenig irritiert, genauso wie die Tatsache, daß sie ihn
nach seinem zehnten oder zwanzigsten oder fünfzigsten
Anruf – irgendwann hatte er aufgehört mitzuzählen –
ausgerechnet ins *Moskito* bestellt hatte, aber er war dann
zum Schluß gekommen, daß dies bei den wirklich
wichtigen Jobs so üblich war: sie wollten herausfinden,
wie hartnäckig ein Mann sein konnte und ob er sich in
einer mondänen Umgebung überhaupt bewegen
konnte. Schließlich wurden die großen, die ganz großen
Geschäfte nicht bei Bockwurst und Bier in der Kantine
abgeschlossen …
    Paul rieb sich die Hände, er freute sich auf Mami.
Wahrscheinlich würde sie nicht viel heller sein im Kopf
als ihr Sohn, dafür aber umso entschlossener, wenn es
darum ging, einen Vertreter abzuwimmeln. Gute Frau,
dachte Paul, wer zu spät kommt, den bestraft das
Leben! Er hatte sich bereits einen Vorsprung verschafft
und konnte, wenn es denn sein mußte, harte, wissen-
schaftlich belegte Fakten über den Zusammenhang
zwischen Schlafstörungen und … was nun eigentlich?
Den Ausdruck *Verblödung* konnte er wohl nicht gut in
den Mund nehmen. *Lernschwäche* war vielleicht das
richtige Wort. Dann konnte er sein Kissen hochhalten

und die eine oder andere tröstende Bemerkung in ein
Gespräch einfließen lassen, das sich mit der Mutter
eines Zurückgebliebenen wie von selbst ergeben
würde. Und das war mehr, als er sich in seiner *Schlaf
dich fit*-Laufbahn je hatte erwarten dürfen. Denn wie –
um es einmal ehrlich zu betrachten – wie war es denn
all die Jahre, all die Monate und an jedem gottver-
dammten Tag in der Woche abgelaufen?! Hatten die
Leute ihn mit offenen Armen empfangen und gesagt:
„Kommen Sie rein, junger Mann, schön, daß Sie da
sind, und wie die Kräuter duften, wir sind schon ganz
gespannt, was Sie uns da gleich erzählen werden über
die hohe Kunst des Einschlafens"? Nein, normalerweise
war es ein bißchen anders gelaufen. Was allerdings
nicht an Paul gelegen hatte, sondern daran, daß die
Leute ... seine Mutter hätte wohl gesagt: nicht mehr an
Gott glaubten. Sie waren ängstlich und neurotisch.
Saugten ihre Teppiche fünfmal und öfter am Tag,
suchten ihre Kühlschränke nach Spinnweben ab und
räucherten ihre Hüte mit Weihrauch aus, weil das zu
positivem Denken verhalf. Sie saßen vor der Glotze,
fragten sich, warum sie aus dem letzten Loch pfiffen,
obwohl *alles so vielversprechend angefangen hatte,* und fanden
keinen Schlaf, wenn sie sich endlich hinlegten.
Morgens krochen sie in verschwitzten Schlafanzügen
auf allen Vieren aus dem Bett und fragten Gott den
Allmächtigen, warum sie kein Auge zugemacht hatten.
Und wenn Gott der Allmächtige dann in Gestalt des
einzigen Vertreters von *Schlaf dich fit* an der Türe stand,
hatten sie plötzlich keine Zeit.

14

Die Tür flog auf, und eine unbändige schwarze Masse
nahm Gestalt an. Paul preßte ganz instinktiv das Kräuterkissen gegen den Unterleib. Der Kopf des Hundes war
nicht richtig zu erkennen, da er in einer Art Bandage
steckte. Aber die Zähne in seinem Maul waren lang und

gelb und die Lefzen so schwer und dick wie Florentiner Steaks. „Ich bin ziemlich stark", sagte der Zurückgebliebene, und seine Stimme hatte jetzt nichts Schwächliches mehr, „aber ich weiß nicht, wie lange ich ihn zurückhalten kann." Seine Rechte spannte sich fest um das nietenbeschlagene Halsband des Hundes, mit der Linken stemmte er sich innen am Türpfosten ab. „Wodan", sagte er, mit dem Kinn auf das schwere Vieh hinunterdeutend, „er hat seit zwei Tagen nichts zwischen die Zähne gekriegt. Und jetzt hau ab, du mieser alter Wichser!" Aber da war Paul schon bei seinem Lieferwagen.

Als Paul im *Moskito* auf Nina Englmann wartete, die Personalchefin von *Soft & Sonderling*, hakte er den Fall unter „Heavy Metal und Drogen vermiesen das Klima" ab. Er hatte schon Schlimmeres erlebt. Einmal hatte ihn einer dieser Drogenkonsumenten nicht nur arg beschimpft, sondern auch noch tätlich angegriffen. Eigentlich war es ja kein richtiger Kunde gewesen, sondern ein Typ, der am Urinal auf der Toilette des *Auerhahns* gestanden hatte. Paul war gerade dabei, die Füllung eines Kissens zu untersuchen, das von einem Kunden beanstandet worden war. Aus verschiedenen Gründen hatte Paul es vorgezogen, das in der Toilette zu tun, obwohl die Neonröhre über dem Waschbecken kaum mehr Licht abgab als ein Spazierstock. Daß der Typ, der eben vom Urinal zurücktrat, nicht ganz dicht war, erkannte Paul mit einem Blick. Warum sollte jemand vergessen, seine Hose zu schließen und Stielaugen kriegen, wenn ein anderer eine Kissenfüllung untersucht? Und weil Paul eine erfolglose Tour hinter sich hatte, entschloß er sich, dem Typen – gewissermaßen unter dem Vorzeichen des Illegalen – den ganzen Packen Heu für gar nicht wenig Geld zu verkaufen. Der Typ kam zehn Minuten später ins Lokal zurück, und Paul war bedauerlicherweise immer noch

15

da – in der Annahme, daß Herstellung und Konsum eines Joints eine gewisse Zeit beanspruchten und daß *Schlaf dich fit*-Kräuter beim Rauchen eine gewisse narkotische Qualität entwickelten, hatte er in aller Ruhe ein letztes Bier bestellt. Was dann folgte, war ein ziemlich übles Stück. Der Typ nannte Paul einen *Betrüger*, der mit Affenscheiße Profit mache und forderte „Speed-Hanf oder Geld zurück". Paul sagte: „Geh nach Hause und frag deine Mami nach einem Spiegel. Vielleicht kannst du dann sehen, was für ein dämliches Arschloch du bist." Darauf versetzte ihm der Typ einen Kinnhaken, den Paul noch drei Wochen lang spürte.

Im Moskito war nicht viel los. Nur ein paar Anwälte, die irgendwas besprachen. Und zwei Männer in den Vierzigern, die recht unscheinbar, aber für Paul dennoch leicht einzuordnen waren: schwul, möglicherweise irgendwas mit Theologie, Sparte Kulturmanagement eher nicht. War ja auch nicht wichtig. Alle machten ihr Ding. Leben und leben lassen, war das nicht immer sein Motto gewesen?!

Er bestellte ein Mineralwasser, und als es kam, ließ er es zurückgehen und bestellte stattdessen einen Gin Tonic. Zur Feier des Tages. Schließlich winkte nicht jeden Tag ein neuer Job mit fgE, wie er es seiner Frau gegenüber genannt hatte. Die Abkürzung stand für *fettes, geregeltes Einkommen*, und vielleicht hatte er sie in der letzten Zeit ein wenig überstrapaziert. Silvia war ein bißchen sauer gewesen, daß fgE alles war, was er ihr zu seinem neuen Betätigungsfeld verraten wollte. Vorübergehend hatte er auch schon überlegt, ihr mehr zu erzählen, aber dann hatte er doch dicht gehalten, schließlich sollte es ja eine Überraschung werden. Und, ehrlich gesagt ... eigentlich hatte er ja selbst keine Ahnung, was genau da auf ihn zukam. Einem anderen wäre das bestimmt an die Nieren gegangen, aber Paul hatte nie

zu den *Kenn' ich nicht, also mach' ich's nicht*-Leuten gehört.
Immer schon war er bestrebt gewesen, aus der Routine
rauszukommen und sich weiterzuentwickeln. Früher
zum Beispiel, während des Studiums, hatte man ihn
überall sehen können: auf Baustellen, in Lagerhallen, bei
der Produktion. Und auch danach hatte er sich nie ge-
scheut, neuen Herausforderungen ins Auge zu blicken.
Die letzten drei Jahre hatte er Heu verkauft, mit Betonung auf *verkauft*, und das Geschäft war immer unberechenbar gewesen, mit Betonung auf *unberechenbar*. Daß
ihm als *Einkaufscontroller* das genaue Gegenteil, nämlich
Einkauf und Kontrolle ins Haus stünden, sah er als einen
Hinweis darauf, daß die Götter des Schicksals Gegensatz
und Witz genauso liebten wie er selbst.

Er rauchte eine Zigarette, und nach der zweiten kam
die Bedienung wegen Schichtwechsel zum Kassieren.
Paul gab ein ungewöhnlich großzügiges Trinkgeld, und
die Kellnerin schien darüber in Verlegenheit zu geraten.
Es tat ihm leid, weshalb er es ihr erklärte: „Ist ein großer
Tag heute, eben noch hat mir ein Krimineller seine
Dogge auf den Hals gehetzt, es war eine wirklich gefährliche Situation, aber ich hab' sie gemeistert, und jetzt
muß jeden Augenblick Nina Englmann kommen, sie ist
die Personalchefin bei *Soft & Sonderling*, aber das ist ja uninteressant für Sie, Sie wollen Schluß machen, ich wünsche
Ihnen einen schönen Tag." Die Kellnerin schenkte ihm
ein strahlendes Lachen, wünschte ihrerseits einen schönen Tag und ging hinüber zu den Anwälten. War auch so
eine, die sich mehr vom Leben erwartete als die Fernseh-
Erstausstrahlung eines zweitklassigen Spielfilms und in
den Werbepausen Slogans wie *Rauchen ist doof* und *feel free to
say no.*

Er trank seinen zweiten Gin Tonic, bestellte einen
dritten und scherzte mit der neuen Bedienung. Wie
leicht ihm das heute fiel, mit den Frauen! Wenn er

zurückdachte, wie einsam, wie furchtbar einsam er in
seiner Jugend gewesen war, dann fragte er sich jedesmal
wieder, wie er es bloß hatte überleben können. Sicher,
da waren ein paar Mädchen gewesen. Franziska etwa:
aus seiner Klasse, groß und intelligent, sie spielte Geige
(aus irgendeinem Grund hatten sie alle – auch die späteren – etwas mit Musik zu tun gehabt). Franziska war
die allererste, für die er sich richtig ins Zeug legte.
Natürlich hatte er damals überhaupt keine Ahnung
gehabt, wie man es anging. Er mußte sie ansprechen,
das war schon klar. Aber wie? Worüber reden? Und so
fing er an, Biographien über Paganini und Mozart zu
lesen. Er besorgte sich ein Buch über die Kunst des
Geigenbaus. Doch als er Franziska dann endlich ansprach, kam er über das Wetter nicht hinaus. Es war der
Beginn einer quälenden Unfähigkeit, Worte zu finden,
die erste in einer langen Reihe von Niederlagen, deren
Ursache – diese Gewißheit stellte sich bald heraus – er
in den Absonderlichkeiten seiner Herkunft suchen
mußte. Man sah ihm einfach an, wie wenig Musik im
Hause seiner Eltern gehört worden war. Da war Andrea:
sie spielte Klavier und hatte feine Hände mit schlanken,
langen Fingern, eine Pianistin wie aus dem Bilderbuch.
Paul lieh sich vom Vater eines Bekannten Platten mit Klaviersonaten aus und besorgte sich sogar eine Druckausgabe des *Wohltemperierten Klaviers*, aber Andrea verstellte
sich und gab vor, sich für Fußball zu interessieren. In
der Überzeugung, Verständnis, Anerkennung und Liebe
seien auch die Frucht nachsichtigen Umgangs mit den
Spleens der anderen, fing Paul an, sich sonntags die
Fußballspiele im Fernsehen anzusehen. Doch wenn er
dann am Montag mit Andrea über eine ganz bestimmte
Flanke in der achtunddreißigsten Minute oder eine
skandalöse Fehlentscheidung des Schiedsrichters reden
wollte, sagte sie bloß „hä". Einmal erzählte sie ihm

einen Witz über zwei Affen, die einen Fußballschuh finden. Es war der einzige Witz, den Paul sich je hatte merken können: Zwei Affen finden einen Fußballschuh. Sagt der eine: „Sieh mal, damit können wir Championsleague spielen." „Und wer fängt an?", fragt der andere. „Ich", sagt der erste. „Du blöder Affe", meint der andere, „du stehst doch im Abseits." Als sie fertig war mit ihrem Witz, klopfte sie Paul auf die Schulter und verrenkte ihre langen Finger, wie nur Klavierspielerinnen das können. Ein paar Monate später verliebte Paul sich in ein Mädchen, das ganz anders war. Sie hieß Julia, hatte lange, schwarz gefärbte Haare und ein Dutzend schwerer Ringe in jeder Ohrmuschel. Sie spielte Baß in einer Rockband, und es war eine völlig neue Welt, in die Paul da eintauchte: Bücher über Woodstock, Bücher über Punkrock, Bücher über Drogen, Sex und Anarchie. Mit Julia war es viel entspannter. Wenn er sie in der Pause bei den Rauchern im Hof stehen sah, Leuten mit langen Haaren und Jeansjacken bei jedem Wetter, gesellte er sich einfach dazu. Er wischte sich imaginären Rotz von der Nase, sagte Sachen wie „Hey hey, my, my, Rock'n'Roll will never die" und hatte eine auf dem Flohmarkt erstandene Langspielplatte unter dem Arm. Meistens waren es Platten aus den Siebzigern: Black Sabbath, Led Zeppelin, solches Zeug. Einmal hatte Paul *Pendulum* von Creedence Clearwater Revival dabei, Julia nahm sie ihm aus der Hand und sagte: „Irgendwie voll Scheiße, das Album, aber irgendwie auch ganz geil". Er wußte nicht, was er darauf erwidern sollte, aber das war in Ordnung so. Ein andermal lud sie ihn in den Probekeller ein, wo sie mit ihrer Band ganze Nachmittage verbrachte. Ein paar Typen waren noch da, sie wollten, daß Paul „Alle meine Entlein" singt. Er tat ihnen den Gefallen, und nachher klatschten sie, und Mike, der Gitarrist, sagte „Entenmann" zu ihm. Sie hatten ihre

Freude, und Paul fühlte sich auch ganz locker, aber aus irgendeinem Grund war es ihm auch ein bißchen unangenehm. Am nächsten Morgen wartete Julia vor der Schule auf ihn. Sie sagte, daß er eine schöne Stimme habe und daß er um sechs Uhr abends im Park sein solle, sie würden dann zusammen in die *Rose* gehen, ein Lokal nicht weit von der Schule, wo damals alle hingingen. Als er sie dann abends im Park auf sich zukommen sah, wußte er, daß das Leben auch für ihn angefangen hatte. Da war sie: ein Mädchen wie aus dem Traum eines Punkrock-Helden. Und dann ging sie an ihm vorbei, als sei er eine immergrüne Hecke. Er fuchtelte mit den Armen, doch als sie ihn endlich bemerkte, stülpte sie sich die Kopfhörer ihres Walkmans über die Ohren und bat um Ruhe. Sie verdrehte die Augen, legte den Zeigefinger auf die Lippen und murmelte mit der Stimme einer Geisteskranken: „Sie spielen wieder Nirvana an der Copacabana."

Nach dieser Erfahrung fing Paul an, zuhause zu bleiben. Er saß in seinem Zimmer, hörte sich nächtelang jene Platte seiner Mutter an und schwor sich, nie mehr etwas mit einem Mädchen anzufangen. Er lag mit offenen Augen auf dem Bett, und wenn er gegen drei Uhr morgens in den Schlaf fiel, drehte sich der Plattenteller, und es war ihm, als säße er in einem Park in New York und füttere Tauben. Die folgenden Jahre waren geprägt vom Gefühl, kräftig über den eigenen Schatten – und den seines Vaters, seiner Mutter – zu springen: Paul inskribierte sich am Romanistik-Institut, jobbte wie eine Figur aus einem Beatnik-Roman mal hier mal dort, schrieb ein paar wirklich brillante Essays, von denen zwei sogar für einen Sammelband über den Einfluß der portugiesischen Literatur auf das mitteleuropäische Denken vorgeschlagen worden waren. Es konnte nicht ewig so weiter gehen. Die Beziehung zu einer Sängerin war ein Debakel – daß ihr Repertoire aus Fado, irischer Folklore und Selbstgestricktem bestand, hätte ihn eigentlich stutzig machen müssen – und am Ende, versoffen und krank, landete Paul wieder bei seinen Eltern. Es war ein trauriger Abschnitt in seinem Leben: ein Job bei einer lokalen Tageszeitung, an den Wochenenden Spaziergänge im Wald. Doch dann lernte er seine Frau kennen – daß sie kein Instrument spielte, beruhigte ihn, obwohl er anfangs geradezu bestürzt darüber gewesen war. Zur Hochzeit engagierte Paul eine Band: fünf verrückte Bläser und ein Kerl mit einem Banjo. Sie spielten Dixieland, und die Leute aus Pauls Verwandtschaft wunderten sich nicht, daß sein Vater kein einziges Mal tanzte.

Nina Englmann kam eine dreiviertel Stunde zu spät. Am Telefon hatte Paul sie sich etwas schlanker vorgestellt, aber das war nun wirklich kein Problem. Im übrigen sah sie aus, als käme sie gerade von einer Party: modische, rotgetönte Brille, silberfarbene Bluse und schneeweiße, gut geschnittene Jeans, darunter edle Schuhe, die aussahen wie ein Kunstwerk. Paul hatte mit einer Aktentasche gerechnet, aber ihr grüner Rucksack in Form eines Krokodils, dessen Rachen auf ihrer Schulter lag, machte sich auch ganz gut. Alles in allem fühlte Paul sich bestätigt: in den oberen Etagen, das war hinlänglich bekannt, kühlte man sich die Wunden mit Disco, Pillen und Exzentrik, und es gab keinen Grund, das irgend jemandem übel zu nehmen. „Schön", sagte er, „schön, daß Sie da sind, ich freue mich." Nina Englmann setzte sich, bestellte einen Cappuccino und strich sich eine Strähne blonden Haars aus der Stirn. Erstmal verschnaufen lassen, dachte Paul und überlegte, ob sie ein Instrument spielte oder nicht. Vielleicht würde er sie nachher fragen. Mit ihren kräftigen, wenn auch etwas kurzen Fingern konnte sie ohne weiteres Klavier spielen, aber das war kein Problem. Vielleicht würde er irgend etwas Witziges über die temperierte Stimmung sagen oder eine Anekdote aus dem Leben von Franz Liszt zum besten geben. Er kannte sich ja aus …

„Tut mir leid, daß ich zu spät komme", sagte Nina Englmann, „aber wir hatten noch eine Besprechung. Ich habe Sie gleich erkannt, wegen des Fotos in der Broschüre." Sie meinte wohl diesen Handzettel von *Schlaf dich fit*, den er seinem Bewerbungsschreiben beigelegt hatte. Es war Paul nicht besonders angenehm, daß sie ihm mit diesem Handzettel kam. Das waren jetzt doch alte Geschichten! Aber offensichtlich nahmen sie wohl doch genauer unter die Lupe, was er bisher so gemacht hatte … „Ach, die Broschüre", sagte er, „ich habe sie schon ganz vergessen. Selbst entworfen übrigens. Bei *Schlaf dich fit* konnte ja keiner mit dem Computer umgehen. Die züchten da lieber Hopfenzapfen und Lavendel." Er nippte an seinem Gin Tonic. War es nicht eine gute Idee gewesen, Gin Tonic zu bestellen? Scotch hätte wohl doch etwas zu sehr danach ausgesehen, als hätte er es nötig, so ein bißchen nach „Werbetexter mimt Hemingway", Gin Tonic hingegen konnte als eins dieser besseren Mineralwasser durchgehen. „Alles, auch die Grafik", fuhr er fort. „Hat zwar ein bißchen was von *selfmade*, aber in der Schlafen-Sie-wohl-Branche ist das eher von Vorteil. Leute, die ein Kräuterkissen kaufen … also, nicht daß die alle zurück zur Natur wollen, aber wie in der Werbung eines Sportartikelherstellers muß es nicht aussehen. Schließlich geht es nicht um trendige Gummi-Schuhe, sondern um Kräuterkissen." Nina Englmann nickte. „Und man schläft wirklich besser darauf?" fragte sie. Ihre Stimme hatte einen angenehmen Klang, war rund und doch markant, die Stimme einer Personalchefin eben. Paul erklärte, daß er *Schlaf dich fit* zu einem erfolgreichen Kleinbetrieb gemacht hatte und schon lange nach einer neuen Herausforderung suchte. Und auf die Broschüre deutend, sagte er: „Was den Text betrifft, so habe ich mir ein paar Freiheiten geleistet – literarischer Natur sozusagen. Die Studie von James Platon Platonsky ist gewissermaßen ... was Fiktives, ich weiß nicht mal, ob es ein Zentrum für Schlafforschung gibt an der Michigan University. Eines Nachts habe ich den Kerl einfach aus der Taufe gehoben, Sie wissen ja, wie das ist." Nina Englmann rüttelte an ihrer rotgetönten Brille. „Ich würde gern eins kaufen, so ein Kissen", sagte sie. Paul lachte. Er hatte die Falle nämlich gewittert: doch der zukünftige Einkaufscontroller würde keine Geschenke machen, auch nicht einer Frau in Führungsposition. Er erklärte, daß sein Lieferwagen zwar da draußen stehe, er aber bereits abgerechnet habe und der Neue morgen übernehme. „Wann soll ich übrigens anfangen?" fragte er. Nina Englmann sah ihn über die rotgetönte Brille hinweg an. „Kommen Sie, lassen wir das", sagte sie, „Sie haben mich oft genug angerufen, und ich habe es Ihnen oft genug auseinandergesetzt: die stellen da nur Leute mit BWL-Studium ein, und da auch nur die mit Schwerpunkt Marketing/Produktmanagement. Es ist ein hochqualifizierter Job! Die Leute müssen Abweichungsanalysen erstellen und sehr gute Anwenderkenntnisse haben. Lauter solche Sachen!" Paul beugte sich etwas über den Tisch in ihre Richtung, um zu erklären, daß Abweichungsanalysen nicht gerade sein Steckenpferd waren, daß er aber – egal in welcher Sparte – immer am Ball geblieben war. Doch in diesem Moment läutete Nina Englmanns Handy, und sie entschuldigte sich, stand mit einer Geste des Bedauerns auf und ging nach draußen.

23

Paul bestellte sich einen weiteren Gin Tonic – der dritte? der vierte? – und prostete dem hübschen, braungebrannten Jungen auf einem der großformatigen Schwarzweiß-Fotos zu, die im *Moskito* an den Wänden hingen. Im Grunde genommen war das Leben einfach. Sicher, zu Abweichungsanalysen fiel ihm dasselbe ein wie zu Nuklearmedizin: no idea, keinen blassen Schimmer. Aber – um nur ein Beispiel zu nennen: hatte er etwa, als er das erste Mal auf Klingeltour gegangen war, Erfahrungen gehabt mit der hohen Kunst des effizienten Verkaufsgesprächs? Nein, hatte er nicht gehabt. Und hatte er die Flinte ins Korn geworfen? Nein, er hatte die Herausforderung angenommen und war ins kalte Wasser gesprungen.

Sicher, es hatte Tage gegeben, an denen es nicht so gut gelaufen war und er in diesem Lieferwagen gesessen hatte mit dem Gefühl, daß er falsch liege mit allem, und wenn er Leute von früher getroffen und sie ihn gefragt hatten, was er denn so treibe im Leben, hatte er sich manchmal ein bißchen gewunden. Aber – um es einmal ganz nüchtern zu betrachten: was war denn geworden aus all den Leuten seines Jahrgangs? Franziska, die schöne Franziska mit dem Geigenkoffer, war mit einem Hautarzt verheiratet, der aussah als hätte er sich infiziert. Paula schnallte sich an Wochenenden statt des E-Basses einen Gleitschirm um – mehr war nicht geblieben von ihrem Sex-Drogen-R'n'R-Traum, ansonsten sagte sie Sachen wie „richtige Ernährung ist halt extrem wichtig". Und Mike, diesen Typen aus ihrer Band, der damals *Entenmann* zu ihm gesagt hatte, den hatte Paul vor ein paar Jahren auf einem Flohmarkt in Berlin gesehen: ein Gespenst mit langen Haaren, die aussahen wie aus dem Abflußrohr gefischt, so humpelte er über den Flohmarkt, rempelte die Leute an und sagte die ganze Zeit nichts anderes als „Hund kaufen, hundert Mark,

Hund kaufen, hundert Mark, Hund kaufen …" Und –
war das etwa ein schöner Anblick gewesen?!

Als Nina Englmann wieder am Tisch saß, sagte Paul,
daß er immer wieder erstaunt sei, wie aussagekräftig
diese Abweichungsanalysen doch seien. „Damit kann
man eine Sache wirklich professionell aufziehen", sagte
er. Nina Englmann spielte mit der Broschüre von *Schlaf
dich fit* herum. „Eigentlich wollte ich nur so ein Kräuterkissen", sagte sie. „Wissen Sie, ich habe Ihre Bewerbung
bearbeitet, und da habe ich Sie auf dem Foto gesehen,
und ich wollte einfach nur mal mit Ihnen sprechen." Sie
strich sich die silberfarbene Bluse zurecht und schaute
an ihm vorbei ins Leere. Aus irgendeinem Grund hatte
Paul das Gefühl, daß die Personalchefin von *Soft & Sonderling* etwas von ihm wollte. Aber vielleicht täuschte er
sich auch. Vielleicht war es bloß ein Trick, um seinen
Charakter zu prüfen. „Wie haben Sie das eigentlich
gemeint", hörte er sie fragen, „vorhin, mit diesem
James Platon soundso, daß Sie den eines Nachts einfach
aus der Taufe gehoben haben?" Es kam Paul vor, als
starrte sie ihn an, und er fragte sich, ob das in den
oberen Etagen so üblich war. In diesem Moment läutete
abermals ihr Handy, und sie sagte: „Mein Gott, schon
wieder *Soft & Sonderling*! Nicht mal Freizeit hat man mehr,
entschuldigen Sie mich, ich bin gleich zurück!"

Paul sah ihr nach und bestellte einen Gin Tonic mit
Gin und wenig Tonic. Plötzlich wurde er sich bewußt,
daß irgendwo im *Moskito* Boxen hingen, und die Musik,
die daraus erklang, hatte etwas Rohes, etwas Grob-
schlächtiges. Irgendwann, dachte er, würde er aufstehen und hinausgehen und im Lieferwagen die *Symphonie*
hören. Dann überlegte er, ob er seinerseits telefonieren
sollte. Gerne hätte er gewußt, in welche Vase Silvia die
knallroten Tulpen gesteckt hatte. Tulpen waren wie
Gras, sie kamen aus der Erde und verliehen dem Leben

25

eine ganz bestimmte Farbe, so war es doch. Er dachte kurz darüber nach, dann fragte er sich, warum die Personalchefin von Soft & Sonderling so viel telefonierte. Es machte ihn krank zu sehen, wie sie draußen vor dem Café stand und wie eine Abgeordnete im Parlament gestikulierte und alles kompliziert machte. Sicher, er hatte keinen BWL-Abschluß. Aber der Papst hatte auch keinen und war doch ganz oben. Clint Eastwood war erbarmungslos, und Bill Gates hatte einen fetten Arsch und Geld, ansonsten überhaupt nichts. Mochte sein, daß hin und wieder einer von diesen Typen mit dem BWL-Diplom ein Bein auf die Fußmatte kriegte, aber die Leute, die letztlich die Schwelle überschritten, die waren aus einem anderen Holz geschnitzt. Im übrigen – Paul wußte das seit seinem achten Lebensjahr –, im übrigen gab es Schwellen, die man anders nehmen mußte, ganz anders: das sah dann vielleicht so aus, als füttere jemand bloß Tauben in einem Park. Es kam eben nicht darauf an, *was* einer tat, sondern was ihm dabei durch den Kopf ging. War das denn so schwer zu begreifen?!

„Tut mir leid", sagte Nina Englmann, „es ist nur wegen der Besprechung, ich habe da irgendwie Mist gebaut." Sie nahm einen Schluck von ihrem Cappuccino und erzählte irgend etwas über das Klima in der Personalabteilung von Soft & Sonderling. Vielleicht auch etwas über das Klima im allgemeinen. Paul hörte ihr nicht mehr zu. Stattdessen dachte er daran, wie er früher, während seines Studiums, oft mit der ersten U-Bahn nach Hause gefahren war und die Leute beobachtet hatte, die von der Nachtschicht kamen oder zur Arbeit fuhren. Manchmal hatte er sich gewünscht, daß einer, ein einziger wenigstens unter ihnen sei, der jene Platte seiner Mutter hören und endlich ein richtiges Leben beginnen könne. Es hatte ihn immer traurig gemacht, und

irgendwann hatte er beschlossen, nicht mehr hinzuse-
hen. Auch jetzt saß er mit geschlossenen Augen da. Nina
Englmann redete ununterbrochen. Hin und wieder
nickte Paul, aber in Gedanken war er bei dem eintönigen
Rattern der U-Bahn-Waggons, bei den Durchsagen auf
den Bahnhöfen, den Türen, die sich öffneten und schlossen, bei all diesen einfachen, markanten Geräuschen, die
am Ende, vor dem Plattenspieler in seinem Zimmer,
immer mit der Musik der *Symphonie* verschmolzen waren.
Halb vier war es gewesen, als er ihn aus der Taufe
gehoben hatte, diesen verkaufsfördernden James Platon
Platonsky, halb fünf vielleicht, Silvia hatte geschlafen,
und auf dem Plattenteller hatte sich jene Platte seiner
Mutter gedreht, und hin und wieder war ihm etwas
durch den Kopf gegangen ...

"Ich werde Ihnen eine Geschichte erzählen", hörte
er sich später sagen. "Neulich, da hatte ich einen Installateur im Haus, der sollte sich um ein Abflußrohr kümmern, nicht mehr und nicht weniger. Und was tut er?
Marschiert mit Rohrzange und Handy durch den Garten
und hält irgendeiner Schnalle Vorträge über den Vor-
und Nachteil eines Satelliten-Navigationssystems. Sagen
Sie mir, kann dieser Mann glücklich sein?!" Nina Englmann gab keine Antwort, aber sie war ja auch nicht
mehr da – Paul bemerkte es, als er endlich wieder die
Augen aufschlug. Da waren nur ein paar junge Typen in
Anzügen, die ihn feindselig anstarrten, aber es konnte
auch sein, daß er sich darin täuschte. Denn eigentlich
war außer ihm und der Bedienung niemand mehr im
Lokal. Und so stand er auf, legte ein paar Scheine auf
den Tisch und sagte im Hinausgehen zur Kellnerin, daß
ein Job bei *Soft & Sonderling* nicht auf seiner Wunschliste
stehe. Sie gab keine Antwort.

Der Pavillon inmitten des weitläufigen Parks sah aus
wie ein riesiges menschliches Ohr, und das Kurorchester

27

spielte romantische Musik. Der Duft von frisch gemäh-
tem Gras lag in der Luft, und in den kurzen Pausen zwischen den Stücken, wenn der Applaus verhallte, konnte
man einen Chor aufgeregter Frösche hören. Paul fand es
lustig, wie der Dirigent gelegentlich auf- und absprang
und mit den Armen kraulte, als würde er sich für einen
Schwimmwettbewerb aufwärmen. Und der hagere Mann
mit dem Cello gefiel ihm ganz besonders. Der hatte so
etwas vom alten Schlag. „Er sieht aus", sagte Paul zu
seiner Frau, „als würde er normalerweise in der Küche
stehen und Putenfleisch panieren. Aber er spielt wie der
Teufel!" Silvia lachte. Es gefiel ihr hier. Und als das Orchester die *Kleine Nachtmusik* anstimmte, nahm sie seine
Hand in die ihre. Später, als der Applaus verklang, stand
er auf, um in der kleinen Bar oben am Teich eine Flasche
Wein zu besorgen. Er ließ sich Zeit und lauschte eine
Weile den Fröschen. Wahrscheinlich würde er ihr nachher, im Wagen, die *Symphonie* vorspielen, jene Musik, die
ihn sein ganzes Leben begleitet hatte und die er bisher
mit niemandem, nicht einmal mit ihr, Silvia, geteilt
hatte. Schade war nur, daß er keinen Plattenspieler im
Wagen hatte, aber wer hatte das schon?! Bill Gates vielleicht, der konnte sich so etwas leisten. Aber Paul war
kein Bill Gates. Er hatte den besseren Arsch und im Gegensatz zu Bill Gates saß er, Paul, auf einem Berg von
Schulden, und auf denen würde er auch weiterhin sitzen. Die Nerven verlor er deshalb nicht.

Nachdem er vor zwei Tagen den Job bei *Soft & Sonderling*
abgelehnt hatte, war er noch hinausgefahren zu dem
Imbiß hinter dem Bahnhof. Dort hatte es ihm immer
einen Stich versetzt, wenn ihm das Schild in die Augen
gefallen war, das hinten über der Friteuse hing: „Wer
gleich bezahlt, vergißt es nicht". An diesem Tag hatte er
es einfach zur Kenntnis genommen, so wie man etwa
einen Hinweis auf Glatteisgefahr zur Kenntnis nimmt.

Natürlich konnte er sich einen Plattenspieler im Wagen nicht leisten. Viele Dinge konnte er sich nicht leisten. Was Paul sich leistete, war eine neue Sicht auf die Dinge, das war ein viel größerer Luxus als irgendwelcher nostalgischer Firlefanz in einem Fahrzeug, und gegen Luxus – das mußte auch mal festgehalten werden – war ja nichts einzuwenden.

Genau diese Gedanken waren ihm dort an der Imbißbude durch den Kopf gegangen, und als er mit seinem Wagen nach Hause gefahren war, mochte er vielleicht ein Fall für die Leute mit dem Alkomaten gewesen sein, aber als er Silvia weckte, um sie in die Arme zu schließen, war er einfach nur glücklich gewesen, tief drinnen ganz, ganz glücklich. „Jetzt wird alles anders", hatte er gesagt, und Silvia hatte das so verstanden, als hätte er den Job mit fgE. Er wollte es ihr erklären, die neue Sicht auf die Dinge, aber dann hatten sie sich wahrscheinlich geliebt, und nachher – da schlief sie schon – hatte er die Platte gehört. Am nächsten Tag hatte er beschlossen, es ihr auf dem Land zu sagen, wenn sie Zeit hatten für einander und offen waren für die wirklich bedeutenden Dinge des Lebens.

Er ging langsam über den weichen Rasen zurück zum Pavillon. Sie würde es verstehen, daß er keinen Job hatte und auch keinen wollte, er war sich jetzt sicher. Es kam nicht darauf an, *was* man tat, sondern *wie* man es tat. Die *Symphonie* war ja auch nicht etwas, was man sich auf seine Visitenkarte drucken lassen konnte wie ein Firmenlogo. Man mußte sie *hören*.

Und als er sich mit der Flasche Wein und zwei Gläsern durch die Sitzreihen zu seiner Frau durchkämpfte, konnte er bemerken, wie die anderen Konzertbesucher – mehr oder weniger alles Leute in einem gesetzten Alter – tuschelten. Wahrscheinlich waren nicht wenige unter ihnen, die diesen jungen Mann und seine gutaussehende Frau um ihre Jugend, ihren Übermut, ihre Freiheit beneideten. Silvia gab ihm einen Kuß auf die Wange, als er endlich wieder neben ihr Platz genommen hatte, und dann ließen sie – ungeachtet der Stille vor dem nächsten Stück – die Gläser klingen, was den Dirigenten dazu veranlaßte, sich umzudrehen und zu verkünden, daß das nächste Stück dem Wein und der Liebe gewidmet sei. Paul stellte das Glas ab und applaudierte.

Im Wagen legte er die CD mit der *Symphonie* ein. Die Straße schlängelte sich in sanften Kurven durch ein weites Tal, und Paul fuhr sehr langsam und sehr fließend. Seine Frau saß entspannt neben ihm, die leere Weinflasche in ihrem Arm – sie diente jetzt als Vase für eine Dahlie, die er ihr im Park noch gepflückt hatte. Die Nacht war sehr friedlich, und gleich würde er ihr alles erzählen, seine neue Sicht auf die Dinge erklären. Gelegentlich kam ihnen ein einzelner Wagen entgegen, und einmal glaubte Paul, im Scheinwerferlicht die Umrisse von Kühen zu sehen. Sie standen mit gesenkten Köpfen auf einer Wiese. Der Himmel schien ein wenig silbern zu schimmern, und irgendwo jenseits der Berge zuckten dann und wann Blitze. Paul stellte die Musik etwas lauter und er dachte immer noch über die Kühe nach, als ihm plötzlich auffiel, daß Silvia mit ihm sprach. Zunächst verstand er nicht, was sie sagte, und deshalb neigte er ein wenig den Kopf in ihre Richtung. „Schatz,", sagte sie, „ich fand das Orchester großartig, aber jetzt würde ich lieber ein bißchen Phil Collins hören."

Phil Collins?! Hatte er richtig gehört?! Da spielte er ihr die *Symphonie* vor, und sie wollte lieber *ein bißchen Phil Collins hören?!* Er wußte einfach nicht, was er sagen sollte, und deshalb tat er ihr den Gefallen und legte die CD mit Phil Collins ein. An der Abbiegung zum Hotel kurbelte er die Scheibe herunter. Der Fahrtwind war angenehm kühl und Paul atmete tief ein. Phil Collins sang von einem weiteren Tag im Paradies, aber Paul hörte in seinem Kopf eine ganz andere Musik.

Später, auf dem Zimmer im Hotel, trank er Whiskey aus der Flasche, er hatte sie in der Mini-Bar gefunden. Silvia lag auf dem Bett, sie war müde und wollte schlafen. Paul trat hinaus auf den Balkon. Als er wieder hineinging, schlief sie bereits. Er weckte sie und erzählte ihr, daß Phil Collins ein ziemlich durchschnittlicher Typ sei. „Er hat weder eine geschulte noch eine trainierte Stimme", sagte er, „und alles in allem ist er verlogen und feige." Dann erzählte er ihr ein paar ungewöhnliche Dinge über das Füttern von Tauben. „Ich wette", sagte er, „Phil Collins kann nicht mal ein Weißbrot halten." Silvia sagte ihm, er solle sie schlafen lassen. „Du bist ja betrunken", sagte sie. Dann stand sie auf und ging an ihm vorbei ins Bad. Er folgte ihr. „Phil Collins ist ein geldgeiler Opportunist", sagte er. „Für Geld würde er alles tun. Für Geld würde er sogar Abweichungsanalysen erstellen und bei *Soft & Sonderling* den Dreck von den Fußmatten lecken, den die Typen mit dem BWL-Diplom hinterlassen." Irgendwann verstand sie ihn. Aus dem Job war nichts geworden. Er war arbeitslos und wollte es auch bleiben. Es kam nicht darauf an, *was* man tat, sondern was man dabei fühlte. Sie sagte dann ein paar schlimme Sachen über die neue Sicht auf die Dinge, und als er später auf den Balkon hinaustrat − er brauchte Luft −, kam es ihm vor, als habe er sich körperlich verausgabt. Der Himmel war jetzt schwarz, und er dachte schaudernd daran, daß irgendwo in dieser Nacht Kühe atmeten. Mit gesenkten Köpfen standen sie auf der Weide, und das Gras zu ihren Füßen hatte keine Farbe. Aus irgendeinem Grund hatte er das Gefühl, daß es einen Wortwechsel mit seiner Frau gegeben hatte, und deshalb ging er nach einer Stunde wieder hinein. Sie lag im Badezimmer auf dem Boden, und er sah eine Blutlache unter ihrem Kopf. Es war ein Bild wie in den billigen Fernsehkrimis.

Die Notrufnummer zu wählen war keine Hexerei. Nur der Mann am anderen Ende der Leitung war eine Nervensäge. Paul legte auf, und kurze Zeit später rief er noch mal an. Derselbe Mann stellte dieselben Fragen. Er erkundigte sich nach der Anzahl der Verletzten. „Ich weiß nicht, mit wievielen Frauen *Sie* verheiratet sind", sagte Paul, „*ich* bin mit nur einer verheiratet. Es war ein Unfall." Dann gab er die Adresse durch und ging hinunter in die Hotelgarage, um sich im Wagen ein letztes Mal die *Symphonie* anzuhören.

Bettina Galvagni

Anästhesie

für Dr. M.S.

Es war früher Nachmittag, als die Anästhesistin, die mit
Vornamen Moira hieß, in Livias Zimmer trat. Livia
öffnete die Augen. Immer wenn sie Moira, an den Tagen
vor der Operation, flüchtig begegnet war, hatte sie
einen leichten stechenden Schmerz gefühlt, so wie
wenn man plötzlich, hinter verschachtelten Häusern,
das Meer sieht.

Moira setzte sich auf einen Stuhl neben Livias Bett,
um ihr eine neue Nadel in den Arm zu stechen, für eine
neue Infusion.

Unter dem weißen Mantel, der an der rechten Brust-
seite mit den Buchstaben ihres Namens rot bestickt war,
trug Moira braune Kleider; einen braunen kurzen Rock,
braune Strümpfe. Ihr mädchenhaftes Gesicht war von
kinnlangem mahagonifarbenem Haar eingerahmt, das
wie eine geordnete Kaskade auf ihren zarten Nacken
fiel. Ihre Augen waren hell, beinahe so hell wie ein Re-
gentropfen, der sich in blassen, blauen Blüten spiegelt.
Ihre Lippen waren mit einem matt glänzenden Hauch
Zinnoberrot geschminkt. Kurz bevor Livias Mutter gestorben war, hatte sie Livia einmal in einen Drugstore
mitgenommen und gefragt: „Was meinst du, würde
Zinnoberrot zu mir passen?"

Die Venflon-Kanüle steckte nun bereits in Livias Arm,
aber Moira war verschwunden. Da, in dem Moment, als
sie die roten Buchstaben ihres Namens auf dem weißen
Mantel gesehen hatte, wollte Livia Gott bitten, ihr Moira
noch nicht wegzunehmen. „Laß sie noch bleiben, laß

sie noch bleiben!" flehte sie, ehe ihr die Augen wieder
zufielen und sie schlief, ohne zu schlafen. Sie wußte,
Moira hätte ihr helfen können, aber sie wußte nicht
wie, und ehe sie es hätte wissen können, war Moira verschwunden. Dennoch: daß Moira auf unerklärliche
Weise, wie ein Brief eines Unbekannten, in ihr Zimmer
gelangte – und nicht die andere Anästhesistin, die eigentlich für sie zuständig war –, bedeutete, daß Moira
ihr geschickt worden war ...

Am nächsten Tag kam Moira wieder. Sie lächelte.
Draußen überschwemmte der Frühling die Dächer der
Stadt, die Talferwiesen, die Schulen aus Backstein dahin-
ter, die Heuschrecken, die Kinder, die am Ufer eines
Teiches spielten, sie seien Feen.

„Träumtest du während der Narkose?" fragte Moira.
„Wenn ich die Narkose vorbereite, wünsche ich mir
immer, die Leute in süße Träume zu schicken, nicht in
infernalische."

„Versuche, deine Träume aufzuschreiben", fügte sie
hinzu, „ich selbst schreibe meine Träume immer auf.
Ich kann mich an jeden erinnern. Du wirst sehen: es
ist gut, die Träume aufzuschreiben. Und dann hinaus-
zugehen ... Vögel in den Bäumen, kleine Mädchen im
Gras, die spielen, sie seien Feen, die Talferwiesen
leuchten wie die silbernen Wellen, die bei mir zu
Hause, in Korinth, beinahe an die Fassade unseres
Hauses schlugen und süß und traurig klangen wie die
,Oxópetra Elegien'."

Livia war nun wach. Sie erkannte alles, was sie am Tag
zuvor verschwommen gesehen hatte, wieder: den
weißen Mantel, die roten Buchstaben, das Braun der
Kleider, die Augen, die hell waren, beinahe zu hell.

„Ich schreibe meine Träume nie auf", sagte Livia
leise. „Sie sind uninteressant oder so, daß ich mich
ihretwegen schäme."

Wieder dachte sie: Moira soll nicht gehen ... Sie konnte nichts denken außer diesen Satz. In der Nacht, bevor sie einschlief, stellte sie sich vor, wie Moira ihren weißen Mantel auszog und hinausging, zu den Talferwiesen, die süß und traurig wie Oxópetra dalagen.

Dann schlief sie ein. Sie wachte einige Tage nicht mehr auf.

Plötzlich stand Moira vor ihr.

„Im Koma", flüsterte Livia, „habe ich einmal, ich weiß es, nach Ihnen gerufen. Sie sind gekommen, und wir haben die Talferwiesen durchquert, bis zu den Schulen aus verfallendem Backstein, die an leerstehende Fabriksgebäude erinnern, und den Laubbäumen, durch die die Sonne tropfenförmig wie Infusionslösung drang. ,Komm', sagten Sie, und wir gingen weiter. Hinter den Schulen leuchtete das Meer, Wellen wie in Korinth. Dort am Meer – Ihr Gesicht war unter einem Hut versteckt – sahen Sie mich ernst an: ,Du hast nicht nach mir gerufen, Livia. Gehen wir zurück. Du mußt wieder schlafen. Du mußt warten, bis ich dich rufe, und wenn ich dich rufe, mußt du wissen, daß nicht ich es bin, die dich ruft.'"

Mit ihren hellen Augen und dem rot bestickten Mantel blickte Moira Livia an.

„Die Krankenschwestern erzählten mir, du hättest plötzlich laut um Hilfe geschrien – dann bist du aufgewacht."

„Und Sie sind in der Zwischenzeit in Oxópetra gewesen, nicht wahr?" fragte Livia.

„Ja", erwiderte Moira. „Soll ich dir davon erzählen?"

Martin Pichler

Fliegenbinden

Mein Vater sitzt über sein Arbeitstischchen gebeugt, im
Lichtkreis der starken Tischlampe streichen seine Finger
um den am Bindestock festgespannten Haken, während
er das Garn in Richtung Hakenbogen wickelt. Als wollte
er Schattenfiguren an die Wand zeichnen, öffnet sich
seine rechte Hand nun, den Garnfaden zwischen Mittel-
und Zeigefinger spannt er eine Schlaufe und wickelt den
Bindfaden ein.

Er sichert den Kopfknoten mit Lack.

Über seinem Kopf an der Wand hängt das Glasregal mit
den Federn und Fellstücken, kleine Fächer in Geparden-
mustern, Goldaugen, das matte Samt von Nachtfaltern,
flammendes Rot, Schlangenhaut. Im vor ihm aufgeklapp-
ten Werkzeugkoffer liegen Garnspulen, Drahtrollen, Bind-
fäden, die Wachstube und kleine, spitze Scheren, die
Nadeln und Filzstifte. Obwohl mein Vater sonst das größte
Durcheinander in Windeseile um sich verbreiten kann, ist
diesmal alles säuberlich geordnet, ist das Puppenmaterial
seiner Fiktionen in terrassenförmig ansteigenden Fächern
gesammelt.

Mit chirurgischer Fingerfertigkeit geht er zu Werke.
In seinen Gedanken baumelt der listige Köder schon
schnappfertig an der Angel, gleitet er als Augenfang über
das silbern marmorierte Wasser und lockt die Lachs-
forellen aus ihren Verstecken.

Anderes kümmert ihn nicht.

In der Küche brennt die Milch an. Aber der Geruch
nach Verbranntem findet nicht in sein abgeriegeltes Tüf-
telzimmer, kein garstiger Fluch schreckt ihn hoch von
seinem Stuhl.

Seelenruhig bindet mein Vater seine Nassfliege, während es in der Küche um die Gasdüsen ordentlich zischt. Keine Hand dreht an dem Hahn, es riecht nach süßlichem Gift. Kein Lappen fährt unter den Eisenrost und wischt die weiße Lache weg. Der hellblaue Flammenkranz erstirbt in sprühendem Gelecke, mein Vater merkt es nicht, denn die prächtigste Lockfliege seit Anbeginn seiner Fischerlaufbahn erblickt gleich das Licht der Welt.

Einige Handgriffe später kommt die Schere zum Zug, schnippschnapp, durchtrennt sie die bindfadenfeine Nabelschnur. Zwischen den breiten Fingerkuppen wiegt er das Kleine, wischt mit der Spitze über den abstehenden Pelz des Stummelkörpers. Ehe das Tierchen Vaters Werkstätte verlassen darf, wird ihm noch der letzte Schliff verpasst: Vater zwirbelt ein dunkles Strähnchen zwischen Zeigefinger und Daumen, das verleiht dem Falter die nötige Plastizität. Mit dem Daumennagel zupft er ihm einige Fasern aus dem Büschel, und schon ist ihm ein frecher Schnauzer gedreht. Jetzt darf der Lockvogel ins vorgesehene Fach des Schmuckschächtelchens mit dem gläsernen Verschluss: In jeder Fensterkammer posiert schon eine Nymphe, spreizt kokett ihr minuziöses Gefieder und verbirgt darunter den langen Schenkel ihres Hakens.

Silver Invicta. Red Spider. Olive Dun.

Vaters Händen entschlüpfen diese zarten Fabelwesen.

Schwarzer Bindfaden, ein Fitzelchen Hasenfell und eine Fasanenschwanzfeder – und aus dem Kegel Schreibtischlicht schwirrt eine gebundene *Fasanenschwanz-Nymphe*: In der rieselnden Strömung eines Quellbachs entfaltet sie ihre raffinierte Kunst der Täuschung: Ihr vom Strudel erfasstes Körperchen ahmt die Larven verschiedener Insekten nach, als scheinbar leichte Beute zieht es die Jäger an.

Mein Vater klappt das Glaskästchen auf, hält inne: Das neue Schmuckstück macht sich auf dem winzigen Samtkissen von Vaters Finger besonders gut aus.

Er könnte so ein Meisterwerk stundenlang betrachten. Was ihn ein Leben lang in größtes Entzücken versetzt hat, ist zu diesem Stummel geschrumpft. Seine heroischen Taten, Kämpfe und Siege finden auf einem Stecknadelknopf Platz.

Was einem Laien-Auge wie ein ausfransendes Stück Pfeifenputzer vorkommt, ist in Wahrheit ein *Black and Peacock Spider*. Dem winzigen Teufelchen ragt ein gefährlicher Haken aus dem Hintern.

Mein Vater erklärt die Mittel seiner List: Er schnippt die Schnur mit einem gekonnten Wurf aus dem Arm über das Wasser und zieht die Angel im letzten Augenblick zurück, bevor das Ende der Leine in den Fluss tauchen kann. Einen halben Meter über der Oberfläche schwingt die Schnur aus, und mein Vater streicht die Rute noch einmal nach vorne, damit das fliegenbestückte Ende zum Wasser hin absackt wie eine Schneeflocke. Es scheint, als würde der hakenbewehrte Köder auf dem Wasser aufsitzen und sich von der kräuselnden Spiegelfläche tragen lassen. Die Trockenfliege, die in Vaters Werkstatt entstanden ist, hat in der Natur schon einen weiten Weg zurückgelegt: von der am Flussboden abgesackten Larve zum Puppentier, das aufgestiegen ist und sich durch die durchsichtige Haut des Flusswassers gekämpft hat.

Als würde sich ein Mensch durch einen vier Meter dicken Erdwall graben, erklärt mein Vater, soviel Anstrengung kostet dem Insekt sein Mückenflug zum Sonnenlicht.

Der angelockte Fisch sieht nicht meines Vaters Trickwerk, den nylonfeinen Fortsatz der Angel. Es ist nur Täuschung, was da als leichte Beute an der Flussoberfläche

treibt im Spiel mit dem Wind, eine gebundene Trockenfliege, welche die Forelle auftauchen lässt aus den Tiefen
und zu hohen Schnappsprüngen animiert. Dann geht
alles sehr schnell, ein heftiger Flossenschlag durchbricht
die strudelnde Glätte des Wassers, mein Vater passt noch
einen Augenblick zu und setzt dann den Anhieb.

Dies ist der Moment, der über das Fangglück ent-
scheidet: *Kairos*, der rechte Augenblick. Wenn mein
Vater zu spät reagiert, durchschaut der Fisch die List
und schwimmt davon. Wenn er jedoch zu früh an der
Angel zieht, reißt er dem Fisch den Köder vorm Maul
weg. Mit der Ungeduld eines Anfängers ist nämlich
kein Fang zu machen, die Rute schnappt mit trügeri-
scher Leichtigkeit hoch, leeres Fliegengewicht baumelt
an der Leine.

Doch auch wenn der Fisch angebissen hat, ist das
Glück nicht schon selbstverständlich auf Vaters Seite.
Der Todeskampf eines Fisches ist voller gefährlicher
Pirouettenschläge, denen mein Vater gegensteuern muss
mit sicherer Hand. Schon manche Forelle ist in eine
Stromschnelle abgetaucht und hat sich aus dem Haken-
griff befreit: geschlitztes Fischmaul.

Vaters Erklärungen sind weitschweifig: *Nassfliegen,
Trockenfliegen, Nymphen.* Er legt wieder ein anderes Stummelchen auf sein Fingerkissen und beginnt von vorne:
Bei dieser *Reizfliege* soll die Fälschung offenkundig sein
und auch dem Fischauge nicht verborgen bleiben. Der
winzig kleine Paradiesvogel zieht in grellen, schillern-
den Farben knapp über der Oberfläche seine Schleifen,
da steigt dem Schuppentier das Blut zu Kopfe und wie
ein Stier vor dem roten Tuch schnappt es zu, geht es
dem Aggressionstrieb in die Falle.

Kein Leckerbissen im Maul, nur ein Haken, der sich
einfrisst ins Fleisch, je heftiger sich der Fisch gegen
seinen Tod wehrt.

Mein Vater jedoch bevorzugt die List der Imitation, die pelzigen Insekten, die der gewöhnlichen Stubenfliege ähnlich sehen, nur sie stellen für ihn die Königsdisziplin im Fliegenbinden dar. Schrille Lockvögel sind seine Sache nicht.

Darum kommt der Tod zumeist in Grau- und Brauntönen, nur manchmal kleidet er sich – wie beim *Black and Peacock Spider* – in elegantes Schwarz.

Über seinem Fliegenbinden vergisst mein Vater die Zeit. Sie scheint immer mehr zur Ruhe zu kommen, während mein Vater minuziöse Bewegungen ausführt, fädelt und gerade streicht, abzwirbelt und schneidet, wickelt und mit dem Fingernagel zusammenzurrt. In der Küche leckt die Milch schäumend bis zum Kannenrand, lässt die feinen Bläschen knistern und bildet wirbelnde Beulen, die hochzüngeln an der Emailwand.

Doch kein Tropfen quillt über, alles steht still.

Es fehlt das Ticketack der Wanduhr. Niemand hat die Gewichte aufgezogen, wie zwei Pinienzapfen hängen sie stumm an ihrer langen Kette. Das immergleiche Wachstuch deckt den Mittagstisch ab, in der metallenen Klammer des Kalenderblocks steckt noch ein Bündel längst verlorener Tage. Das kleine Küchenradio plärrt keine Schlagerlieder, Mutters *Tiroler Sender* bleibt ausgeschaltet, auf den Musikkassetten sind immer noch alte Blasmusiksendungen aufgezeichnet, die niemand mehr hören will.

In den Gewürzdosen klumpt das Salz, bedeckt der Pfeffer wie graufeiner Sand den Glasboden. Einzelne Teebriefchen – Pfefferminze, Fenchel, Melisse – liegen im *Pompadour*-Schächtelchen: Ihre Papierlätzchen verbleichen und die Kräuter im Filterbeutel zerbröseln zu trockenem Staub. Im Schürherd liegen kalte Kohlestücke zwischen den Latten des Rosts, als pulvrig weißer Kalk füllt die Asche der letzten Winterwochen die darunter geschobene Eisenlade.

An den Innenflächen der Schranktüren stehen noch in weitschleifiger Bleistiftschrift Liebeserklärungen an die Heimat und ein hohes Lob auf die erlebte Gastfreundschaft; sie erinnern an den Sommer, da wir endlich eine neue Küche bekamen und der Tischler im Laufe seiner dreimonatigen Arbeit ein ganzes Schnapsfässchen leer trank. Der Tischlermeister war ein Musikkamerad meines Vaters und litt an einem nervösen Magen. Um Verdauungsschwierigkeiten frühzeitig vorzubeugen, kippte er schon im Laufe des Vormittags zwischen Hobeln und Leimen ein Gläschen. Die Botschaften an die Nachwelt waren hinter Kastentürchen und auf alle möglichen Rückwände geschwindelt, damit sie uns erst viel später wie zufällig vor Augen kämen: beim Fingern nach einem Geschirrstück in der hintersten Schrankecke oder Befestigen einer Reißzwecke an dem Auslegepapier der Schublade. Die Sprüche des Tischlermeisters fielen durch Vaters vielgepriesenen Verdauungstrank überaus poetisch aus: Keiner der Nachbarsbauern bringt so einen guten Selbstgebrannten zustande, schmeichelte der Tischler, wie der die Kehle hinunterkitzelt, weckt er neu die Lebensgeister!

Niemand von uns hatte den Mut, mit dem Radiergummi die versteckte Schmiererei zu löschen. Unlösbar verbunden bleiben die Verse mit Mutters größtem, lange gehegten Wunsch: sich eine neue Küche anzuschaffen, in der die Schubläden nicht bei jedem Öffnen aus ihrer Halterung brachen.

Keine Fabrikware, keine Sperrholzmöbel.

Der Ort, wo unser Leben sich seit jeher abgespielt hat, ist verwaist.

Mein Vater steht an der Schwelle zur Terrasse und beobachtet durchs Glas das nebeldunstige Wetter:

Wie Spucke geraten einige Tröpfchen auf die Fensterscheibe.

Heute *beißen* sie, sagt er zu sich selbst.

Er wird seine neuen Köder probieren.

Über seine Arbeit gebeugt, vergisst mein Vater alles
um sich herum, die Zeiten geraten ihm durcheinander,
all seine Konzentration gilt dem ausgeleuchteten Flie-
genkörper, dem tanzenden Punkt vor seinen brennen-
den Augen. Die Leere zieht sich vor ihm zurück, zusammen mit dem restlichen Dunkel im Fischerzimmer.
Sanfte Ruhe verbreitet er um sich, wie die sich glätten-
den Wasserkreise nach dem Angelwurf.

Die Illusion hält.

Mein Vater perfektioniert seine Kunst der Täuschung,
er hat sogar die Zeit überlistet, dass sie stillsteht und
ihm nichts zuleide tut.

Wenn er die Fische aus dem Talferwasser holt, sagt er
zu mir: Hab drei Stück aus dem Wasser *gerettet*. Kommt
drauf an, auf welcher Seite des Ufers man steht, und
schon schlägt die Not in Rettung um. Die Wörter lassen
sich drehen und wenden, gefügig kehren sie ihre
schöne Seite nach außen, lässt mein Vater sie bloß
kreisen in seinem Mund.

Mit einem Knopfdruck erlischt Vaters Schreibtischlicht, tauchen die fertig gestellten Nassfliegen ins
Dunkel. Wie auf Nadeln aufgehakt liegen die leblosen
Stummelchen auf der rauen Tischplatte. Als hätte sie
eine Fliegenklappe erwischt.

Später sammelt sie mein Vater ein und legt sie in die
einzelnen Fächer seines Schmuckkästchens: Hier trägt er
seinen Schatz zusammen, wo kein Dieb ihn findet und
keine Motte ihn frisst.

Vaters Erzählungen vom Fliegenfischen sind voller
Retardierungen und voll von launischem Glück, das
sich von einem Moment zum anderen auf die Gegen-

seite schlagen kann und Hoffnungen auf ein *gerettetes* Abendessen in Nichts zerschlagen.

Mit umso größerem Stolz betrachtet mein Vater sein erbeutetes Jagdgut in der Pfanne: Solche *Platten*, sagt er dann und meint die wohlgenährten, ausgewachsenen Fischkörper. Denselben Ausdruck verwendet er bei großen Frauenbrüsten: Solche *Platten*, kann er ausrufen, mit derselben spitzbübischen Erregung in der Stimme.

Im Ohr die Stimme meiner Mutter: Musst du immer so reden?

Ins Rohr eines umgebauten Badezimmerofens schiebt mein Vater das Erlenholz, dichte, weiße Schwaden steigen auf und erfüllen die Waschküche mit bitterem Rauch. Von den Fischkörpern tropft das Fett wie flüssiges Harz. Ihre Schuppenhaut dunkelt ein, wird papieren und brüchig, als überzöge ihre Schwertkörper grünspanfarbenes Pergament. Das Fischauge ein glanzloser Stecknadelknopf. In Butterpapier eingeschlagen lagern die Fische im Kühlschrank und überdauern die Tage, bis mein Vater sie aus ihrer fettfleckigen Hülle wickelt und aufs Schneidbrett legt. Das von der Gräte geschabte Fleisch ist gläsern, hat über dem Rauch seine feste Konsistenz verloren. Vater mischt es unter die Spaghetti und rühmt die spartanische Einfachheit seines Rezepts. Das leere Gerippe rollt sich auf, bei der Berührung mit den Fingern brechen die Gräten ab.

Die Butter im Kühlschrank nimmt den Geruch an von Geselchtem. Ebenso die Milch, wie Wermut schmeckt der vom Vortag übriggebliebene Rest im Tetrapak-Karton. Ich kippe die bittere Milch in den Ausguss, aber mein Vater erinnert sich nie daran, seine in durchsichtigem Papier eingeschlagenen Filets ins abschließbare Kühlfach zu legen.

Eine Röstpfanne steht im Ausguss. Recht viel mehr Geschirr zieht mein Vater nie aus der Küchenkredenz. Vielleicht hat er Mutters Stimme im Ohr, wenn er vor der nahezu leeren Spüle steht: Alles musst du in die Finger nehmen und dann steht es ungebraucht herum. Nun holt er sich nicht eigens einen Teller vom oberen Bord. Einige Verse des Tischlermeisters bleiben ungelesen.

Mein Vater schlüpft in die giftgrüne Jacke, zieht die Schlaufen des Fischerrucksacks über seinen Schultern gerade und misst noch ein letztes Mal prüfend den Himmel: Möge das Fischerglück ihm hold sein.

Ich sehe ihn am Ufer stehen, jetzt wirft er seine Angelrute aus.

Gleich werden wir es wissen.

Wieder hält die Zeit still. Dann dreht sie sich plötzlich, wie der Wind, der seine Richtung ändert und in ungewisse Gegenden fährt. Die Zeit ist ein Schatten, der dahintreibt über flache Felder, weite Räume und ebene Landschaften.

Mein Vater schläft über der ausgeworfenen Angelrute ein. Jahre gehen ins Land und er merkt nichts.

Man wirft nicht zweimal die Leine in denselben Fluss.

Alles fließt.

Als er wieder nach Hause kommt, findet er alles verändert.

Er wird sich nie daran gewöhnen.

Er verstaut sein Jagdgut in der Spüle, lässt kaltes Wasser darüber laufen und nimmt den aufgeschlitzten, schwertförmigen Körper aus. Am Email bleiben die feinen Blutkörner und das gläserne Gerippe der Fischgräten kleben.

Das wird ein Festessen, sagt er still für sich.

Ich sitze an meinem Arbeitstisch und schreibe, die eingesackten Schultern, die Krümmungen meines Rückens zeichnen die Gestalt meines Vaters nach, wenn er über sein Holztischchen gebeugt dasitzt und konzentriert an seinen Nass- und Trockenfliegen arbeitet. Sein immer noch dunkles Haar deckt das Schreibtischlicht bis zu einer dünnen Sichel ab.

Er sorgt sich nicht um morgen, denn der morgige Tag sorgt für sich selbst.

Ich weiß: Mein Vater wird nie alt werden, er hat den Jungbrunnen entdeckt.

In meinen Träumen steht er, die Angel ausgeworfen, am Flussufer und hat plötzlich alle Zeit der Welt. Er vergisst Frau und Kind zuhause, es gibt nur noch den trüben Himmel, der für ihn spielt, und den aufkommenden Wind, nach dem er sich zu richten hat beim Auswerfen seiner Angelschnur.

Margareth Obexer

Schwester Michaela

Schwester Michaela war achtzehn, als sie mitten in der Heuernte beschloss, ins Kloster zu gehen. Sie lief quer über das sonnenverbrannte Feld, drückte der Mutter die Heugabel in die Hand und erklärte ihr, sie sei berufen, die Braut Christi zu werden. Im Prinzip hatte die Mutter nichts gegen die Berufung, doch dass es während der Heuernte passierte, soll sie geärgert haben.

Als sie eingekleidet wurde, musste Schwester Michaela ihre Haare lassen, die ihr mit einer großen Schere einmal quer durchgeschnitten wurden. Und sie musste, weil das damals so üblich war, mitten in der Nacht in die kalte Kirche zum Beten. Besonders in der Faschingszeit fanden die Nonnen aus der eiskalten Kirche kaum mehr heraus: In dieser Zeit werden mehr Sünden als sonst begangen, also musste mehr gebetet werden als sonst. Sie beteten für die Vergebung der Sünden jener, die zur gleichen Zeit dabei waren, sie zu begehen.

Davon bekam Schwester Michaela eine schwere Arthritis, die ihr in die Knochen und Gelenke und überallhin fuhr. Alles an ihr war immer dabei, mehr und mehr zu verkrüppeln.

Jedes Jahr zu Ostern und zu Weihnachten besuchten wir Schwester Michaela im Kloster der Eingesperrten, so nannten wir das Klarissenkloster, was auf meine Mutter zurückgeht, die das heute bestreitet.

Wochen vorher meldete mein Vater uns an. Er war ihr Bruder und sie hieß Maria, als sie noch keine Schwester des Klosters war.

Das Kloster lag mitten in der Stadt, doch die Kloster-
mauer machte es so gut wie unsichtbar. In dieser Mauer
gab es ein einziges Tor, gegen das wir drückten,
nachdem es mit einem kurzen Surren leicht aufge-
sprungen war. Wir liefen quer über den Innenhof und
klopften gegen ein kleineres, schwarzes Tor. Danach
fanden wir uns in einem dunklen Vorraum wieder. Die
kleinen Fenster in den Innenhof waren vergittert, der
schmale Raum war durch eine dunkle Täfelung von den
Räumen dahinter abgetrennt. Wir stellten uns vor die
zwei geschlossenen Fensterflügel in der Täfelung und
horchten auf jedes Geräusch, das uns meinen könnte.
Manches näherte sich uns hoffnungsvoll und verschwand wieder in den vielen Fluren, die sich dahinter
verbergen mussten. Dann gehörte es zu uns: Von der
anderen Seite wurden die Flügel geöffnet, Zeichen für
uns, jetzt auch die Flügel auf unserer Seite zu öffnen.
Aus einer hölzernen Kabine nahm uns eine Nonne
wahr, zwischen ihr und uns waren die Gitterstäbe. Ernst
und leise verständigten sich Eltern und Nonne über die
verfügbare Zeit. Dann wurden die Flügel wieder geschlossen und wir sahen uns um. In der Ecke stand das
geheimnisvolle Rondell, in das wir unsere Geschenke
taten und aus dem wir hinterher unsere Geschenke in
Empfang nehmen würden.

Eine Tür mit eiserner Schlüsselumdrehung wurde
geöffnet. Die Nonne verschwand und wir traten in den
Raum, in dem uns nach einigem Warten Schwester
Michaela begrüßen würde. Der fensterlose Empfangs-
raum hatte die Größe einer quadratischen Zelle, er war
niedrig und in den schweren, weißen Mauern war eine
Holzbank eingelassen. Die Holzbank, auf die wir Kinder
der Reihe nach gesetzt wurden, war alles an Einrichtung
in diesem Raum. Hinter dem Flügelfenster hörte man
Geräusche, die das Hineinklettern Schwester Michaelas

in die hölzerne Kabine andeuteten. Sie öffnete wie wir die dunklen Holzflügel und empfing uns, indem sie zuerst das Kreuzzeichen verteilte. Leise und gebeugt war ihre Erscheinung, sie sah uns Kinder einzeln an, doch fand ich kaum, dass sie uns erkannte, wie menschliche Wesen erkannt werden. Es war der unbestimmte freundliche Blick einer Person, von der man nur wusste, dass sie in einem fort für einen betete.

Was sie fragte, war von der gütigen Neugier auf die Entwicklung der Dinge geprägt, der Entwicklung der Kinder vom Kindergarten zur Schule über die Erstkommunion bis zur Firmung. Auch meine Eltern hielten sich an die Erzählweise des sich langsamen Weiterentwickelns. Eigenschaften wurden genannt, die waren den Eigenschaften in den Zeugnissen der Grundschule ähnlich: manchmal vorlaut, manchmal faul, manchmal unkonzentriert und nicht immer folgsam. Danach wurden wir sanft und gütig von Schwester Michaela aufgefordert, weniger vorlaut, weniger faul, weniger unkonzentriert zu sein und den Eltern und Lehrern zu folgen.

Nur einmal hörte ich die Fetzen eines Gesprächs zwischen meiner Mutter und Schwester Michaela, in dem sie demütig über die neue Äbtissin und ihr strenges Befehlskommando klagte. Es war ein freundliches Leiden, lächelnd nickte sie ab, was meine Mutter ihr für die Verbesserung der Lage vorschlug. Zu diesem Zeitpunkt war Schwester Michaela seit dreißig Jahren hinter den Klostermauern, ohne sie jemals verlassen zu haben: weder beim Tod ihrer Eltern noch bei den Hochzeiten der Geschwister und nicht bei den Geburten der Neffen und Nichten. Sie war zum Beten bestimmt und nähte Messgewänder für die Pfarrer, auch Hostien wurden hergestellt und Rosenkränze.

Als ich noch hochgehoben werden musste, um Schwester Michaela die Hand durch das Eisengitter zu reichen, waren ihre Fingerknöchel schon so verkrüppelt, dass ich vor Graus erstarrte – ähnlich wie Hänsel und Gretel habe ich mich gefühlt, in meiner Phantasie war der Knöcheltest bei Hänsel und Gretel nicht zu trennen mit meiner durchs Eisengitter gestreckten Hand.

Wie im Märchen ging auch hier eine Veränderung vor sich: Schwester Michaelas Fingerknöchel wurden weniger und weniger von Jahr zu Jahr und verschwanden am Ende fast ganz unter einem muskellosen Fingerbrei.

Als ich so groß war, dass ich knapp über das Fensterbrett sehen konnte, hatte ich die Eisenstäbe und gleich dahinter ihre übereinander gelegten Hände direkt vor meiner Nase. Es waren kleine, blasse Hände und sehr zart. Die kleinen gestreckten Finger drückten so eng aneinander, dass es den Mittelfinger hochgeschoben hatte, während es den Daumen unter die anderen Finger drängte. Am wenigsten verstand ich den Handrücken, der nicht flach war, sondern mit dem Handgelenk eine Kugel bildete, von dem die Finger nicht in einer Linie nach vorne anschlossen, sondern schräg zu Seite abgingen. Ich hielt mich an die Finger, wenn ich Schwester Michaela die Hand reichte.

Und ich verstand nur soviel, dass diese Hände vom Beten so wurden, wie sie wurden.

Später war ich groß genug, um Schwester Michaela in Augenhöhe wahrzunehmen. Ihre Finger lugten wie nebeneinander gelegte Hautzipfel unter dem schwarzen Ärmeln der Kutte hervor, alles war immer weniger und weniger geworden, ebenso wie die ganze Person, die immer mehr in ihrer Kutte zusammensank, je größer ich wurde, eigentlich.

Auch ihr kleines Gesicht verschwand immer mehr unter dem schwarzen Schleier und der weißen Bandage, die ihren Kopf einschnürte – ich habe nie die Ohren von Schwester Michaela gesehen.

Nach dem Besuch trat jedes Kind vor das Eisengitter, kniete sich hin und bekam von ihr den Segen über-reicht, den sie in die Luft skizzierte. Hinterher schob uns Vater aus der Zelle in den ersten Raum, wo wir darauf warteten, dass sich das geheimnisvolle Rondell in Bewegung setzte, um die Geschenke in Empfang zu nehmen.

Eine volle, mit Hostienabschnitten aufgeblähte Tüte befand sich immer darunter, neben den neuen Rosenkränzen für meine Brüder und mich – wir waren, was die Rosenkränze anging, immer in der Mode. Zarte Perlmuttperlen, oval geschliffen mit beigefarbenem Lederetui und einem golden eingra-vierten Kreuzzeichen darauf; prismatisch in blauen Farben glitzernde Bergkristallkugeln mit langgezoge-nem Kreuz; silberne Rosenkranzringe, die man sich an den Mittelfinger steckte, waren eine Zeit lang der letzte Schrei.

Manchmal stand auch eine Tüte mit Äpfeln, unge-spritzten Äpfeln, die meist nicht mehr frisch waren, in diesem Rondell, das allein beide Seiten kannte, das Innere des Klosters und den Besuchervorraum. Nicht einen einzigen Blick in das Dahinter gab es frei, das Rondell war eingelassen in einen dunklen, hölzernen Rahmen und jedes Fach darin war exakt so gezimmert, dass es auch nur den kleinsten Einblick verhinderte. Doch die Gerüche legten sich darauf und ließen sich in den Besucherraum drehen, Gerüche nach Mehl-schwitze, runzligen Äpfeln und polierten Linoleum-böden, beige.

Neben den Rosenkränzen und den Äpfeln war die Tüte, um die wir uns rissen, die Tüte mit den Hostien, die ging in Raub auf. Meine Brüder steckten sich in den Mund, was sie ergattern konnten. Ich hingegen sparte sie für den nächsten Schultag auf und stellte mich an die Tafel.

„Der Leib Christi, der Leib Christi, der Leib Christi …", in einer Schlange standen die Kinder vor mir und streckten mir die Zunge entgegen, auf die ich die Hostie legte, Abschnitte von Hostien, die wie Kekse ausgestochen wurden. Danach kratzten sich die Noch-nicht-Kommunizierten die festgeklebten Oblaten vom Gaumen.

Nach dem Besuch beschimpfte meine Mutter regelmäßig meinen Vater für das Leben, das seine Schwester und die übrigen Nonnen in diesem Kloster führten. Er hielt dagegen, dass sie auf diese Weise ständig für uns beten konnten. Das fand sie im Prinzip nicht dumm. Doch sie zweifelte daran, ob sie für ein Leben beten konnten, von dem sie nichts mitbekamen. Und dass sie freiwillig nichts mitbekommen wollten, ärgerte sie regelmäßig am stärksten. Darüber begann mein Vater mit dem Kopf zu schütteln, über so viel Respektlosigkeit für Menschen, die auf direktestem Wege in den Himmel kommen und eigentlich als heilig anzusehen sind. Auf dem Rücksitz fraßen meine Brüder die Hostien in sich hinein, die ich vor ihnen zu retten versuchte.

Schwester Michaela musste ein Arm amputiert werden, und später ein Bein. Am meisten beeindruckte mich, dass sie für diese Eingriffe zum ersten Mal das Kloster verlassen musste. Es war schwieriger geworden, sie zu besuchen. In der Küche wurde ein kleines Bild von ihr angebracht. Es zeigte Schwester Michaela in einem Rollstuhl mit nur einem Fuß in einem Filzpantoffel. Sie versank hinter einem kleinen Rollstuhltischchen, auf dem ein Capri-Sonne stand mit Palmen und Sandstrand. Tief im Schleier gelangten zwei lächelnde Augen in die Kamera.

Als einige Zeit später ihr zweites Bein amputiert werden musste, erfuhren es alle Angehörigen erst so spät, dass es nur den wenigsten gelang, sie noch lebend zu besuchen. Sie verstarb ohne Beine und keinem war es erlaubt, an ihrem Begräbnis teilzunehmen.

Toni Bernhart

Es gilt

Benjamin

Es war immer schon mein Wunsch, einen Sommer-
urlaub im Bayrischen Wald zu verbringen. Jedes Jahr an
die Ostsee, irgendwann musste Schluss damit sein. Das
Problem aber war meine Frau. So entschied ich ohne sie
zu fahren, ohne Frau, ohne Kinder, ohne Hund, aber
mit Auto. Alles ging sehr schnell. Im Kaufhaus nebenan
sah ich ein Angebot, „Ferienwohnung im Bayrischen
Wald, 30 Euro/Tag, 40 m², Küche, leider Außenklo".
Das Richtige für mich. Ich buchte und fuhr hin.

Nathalie

Es war, wie es war: Tochter aus geschiedener Ehe, Mitte
zwanzig, Trennung von ihrem Freund vor vier Wochen,
abgebrochenes Studium der Psychologie, schüchtern
und schön. Nathalie verinnerlichte diese Daten, bis sie
daran glaubte, zu noch größerem Unglück berufen zu
sein. Nackt, wie sie geboren wurde, stieg sie durch die
Luke ihrer Dachgeschosswohnung auf das Dach. Hier
oben war sie vorher nie gewesen, sie war überrascht
über den Rundblick. Sie sah den Kamin wenige Meter
neben der Luke, von dem sie nicht wusste, dass es ihn
gab, sie trat zu ihm hin und setzte sich auf seinen Rand.
Sie spürte den schmierigen Ruß auf ihren Hinterbacken,
an diesem lauschigen Sommersonntagvormittag, rieb
ihre Schenkel gegen die Backsteinziegel, drehte den
Oberkörper und blickte in die schmale schwarze Tiefe.

Dann trat sie an die Dachkante, sah die Mülltonnen im Innenhof, machte kehrt und stieg durch die Luke in ihre Wohnung zurück.

Julia

Es war ein ungewöhnlich lauer Silvesterabend, an dem Achim mit Fieber im Bett lag, während seine Freunde Partys besuchten. Julia, seine Freundin, saß am Bettrand, rührte Zucker in Achims Holunderblütentee und kontrollierte engagiert die Heizung. Nicht zu warm soll ein Krankenzimmer sein, sagte sie. Achim wollte schlafen, konnte aber nicht, wie er mit glasigen Augen erzählte. Julia strich mit ihrer Hand über seine Stirn, strich weiter über sein Haar und klopfte das Kissen tiefer. Sie band ihm einen Schal um seinen Hals, weswegen sich Achim kurz aufrichten musste, dann sank er wieder in das Kissen zurück. Julia öffnete die Balkontür, trat nach draußen, ließ die Balkontür offen stehen, stieg über das Geländer und stürzte sich in den Innenhof.

Oleg

Wenige Wochen vor Olegs Geburt fiel seine Mutter
plötzlich um. Den schwangeren Bauch voraus plumpste
sie in die Petunien, ohne Aufschrei, ohne Seufzer. Sie
trug ein Blumenkleid im heißen Sommer, und so
schmolz sie ins Beet, Blüte zwischen den Blüten. Erst
nach Stunden fuhr ein Wagen sie kreischend ins Krankenhaus. Dann lag sie da, angeschlossen an Maschinen,
die ihren und Olegs Herzschlag maßen, und ihr Mann
saß am Bett und weinte und weinte. Als er keine
Taschentücher mehr hatte, fuhr er nach Hause und
brachte Mozart mit, später auch Strauß und Schumann,
und küsste seine Frau auf die Stirn. Er erzählte ihr von
den Tomaten und dem neuen Toaster, weil er nur noch
Toast aß, seit sie schlief, er erzählte von der Nachbars-
katze und den kleinen Schühchen, die er für Oleg
gekauft hatte, und legte sie ihr in die Hand.

Als sie Oleg aus dem Bauch seiner Mutter schnitten,
stand sein Vater zitternd dabei und beobachtete fröstelnd,
wie Oleg gewogen wurde und etikettiert. Als Olegs Werte
normal waren, sprach die Hebamme von einem Wunder,
und sein Vater weinte schon wieder. Bald trug er Oleg
nach Hause und wärmte ihm Fläschchen. Zweimal die
Woche gingen sie quer durch die Stadt und besuchten die
Mutter, die regungslos dalag, und Olegs Vater erzählte vom
Regen und las ihr die Post vor.

Oleg wuchs, und seine Mutter wachte nicht auf. Und
Olegs Vater verlor seine Arbeit und fand eine neue, und
Schnee fiel und das Brot wurde teurer. Olegs Vater stand

nachts an der Wiege und dachte an das Wunder, er stand
lange und das Wunder verfolgte ihn bis in den Tag.

Als Oleg aufrecht saß und an Holzstöckchen kaute,
wurde der Blick seines Vaters forschend.

Ein neuer Sommer kam und Olegs Vater lauerte. Er
gab Oleg Rasseln und Buntstifte und spielte Mozart und
Schumann und las Oleg vor, bis seine Stimme versagte.
Und jedes Mal, wenn er innehielt, sah er mit seinem
prüfenden Blick auf Oleg herab, der eingeschlafen war
oder mit kreisenden Augen die Wände entlangstrich.
Olegs Mutter erzählte der Vater von Olegs Fortschritten
und wie ernsthaft Oleg Musik empfinde, Wagner zumal,
auf den er jetzt setzte. Überhaupt lobte er Olegs Ernsthaftigkeit und rühmte, daß Oleg kaum lachte, nur
manchmal versonnen ein Lächeln aufsetzte, worin Olegs
Vater durchaus ein Zeichen erkannte.

Dann begann Oleg zu sprechen, nur sparsam zwar
und mit schwindender Stimme, seinem Vater aber
genügte es, um ihn bald in die Vorschule einzuschrei-
ben, wo Oleg zwischen anderen Kindern saß und ABC-
Liedchen lernte. Nach der Schule hockte Oleg noch
Stunden zu Hause dunkel hingekauert unter dem
Küchentisch und summte gebrochene Melodien vor
sich hin. Tage später versetzte Olegs Vater sein Auto und
kaufte ihm ein Klavier. Vor dem saß Oleg dann reglos
und schaute auf die glänzenden Reihen der Tasten. Sein
Vater drängte ihn nicht, das Wunder, dachte er, würde
geschehen, eines Tages, ohne Vorzeichen. Doch Oleg
saß und saß mit dumpfem Blick und ohne Neugier und
nach Wochen hielt es der Vater nicht mehr aus. Er setzte
sich zu seinem Sohn und begann, eine Taste nach der
anderen zu drücken, Geräusch, Oleg, siehst du, dieser
Kasten spuckt Töne, und er versuchte zu lächeln. Oleg
rutschte vom Stuhl und kauerte sich neben dem lär-
menden Kasten hin. Dann schloß er die Augen.

Da sprang Olegs Vater auf, zum ersten Mal wütend, und er packte Oleg am Arm, riß ihn hoch und starrte ihn an. Er brachte kein Wort heraus, während er seinen Sohn anglotzte, der gleichmütig dastand mit seinem etwas traurigen Blick, und so ließ er ab von ihm, wandte sich um und ging hinaus. Und Oleg kletterte wieder auf den hohen Klavierstuhl und saß wieder da, still die Tasten anblickend, die schimmernd und friedvoll im Dämmerlicht lagen.

Olegs Vater suchte sich eine zweite Arbeit und bezahlte einen Lehrer, der Oleg das Klavierspielen beibringen sollte. Wunder, beschloß Olegs Vater, mußten herbeigeführt werden, wenn sie von alleine nicht kamen.

Oleg quälte sich. Er quälte sich in der Vorschule beim Lernen der Zahlen, er quälte sich vor dem Klavier und drückte mit klammen Fingern auf den Tasten herum, ohne einen Ton zu bewirken. Er spielt lautlos, sagte der Vater zum Lehrer, das sollten Sie ändern. Der Klavierlehrer saß Stunden bei Oleg, redete auf ihn ein, spielte ihm vor und als er ging, wischte er sich den Schweiß von der Stirn. Oleg streckte die Arme starr nach den Tasten aus, legte die Hände bebend darauf und strich mit steifen Fingern darüber hin wie über ein schlafendes Tier, das nicht geweckt werden darf. Der Vater beobachtete ihn vom Türrahmen aus, während ihm Tränen in den Augen brannten. Er bemüht sich, sagte er zur Mutter, du wärst stolz auf ihn.

Als Oleg in die Schule kam, verlor sein Vater schon wieder die Arbeit. Der Klavierlehrer kam nicht mehr, und die beiden zogen in eine kleinere Wohnung. Das Klavier schleppte Olegs Vater zusammen mit einem Nachbarn ächzend über die Flure und dann stand es in der engen Wohnung und machte sie noch enger, und Olegs Vater sagte, ist doch gemütlich hier.

Trotz der Vorschule war Oleg ein langsamer Schüler, behäbig, sagte die Lehrerin und meinte es gut, das Lesen fiel ihm schwer, doch der Vater wollte nichts davon hören. Und so stammelte Oleg jede Woche bei seinem Besuch im Krankenhaus, den Finger ängstlich auf der Zeile, Wort für Wort aus seinem Lesebuch herunter, um die Mutter zu beeindrucken. Hin und wieder hielt er inne und schaute auf sie hinab, wie sie dalag, seine Mutter, deren Augen er nie gesehen hatte. Manchmal dann sagte der Vater, schau, sie lächelt, und Oleg wollte es glauben und wußte nicht wie. Die Mutter, schien ihm, schlief still und fremd in einem Traum, in welchem Oleg sie nicht erreichen konnte. Bevor sie gingen, gaben Oleg und sein Vater ihr wie stets einen Kuß, und auch nach all den Jahren noch scheute Oleg vor den wächsernen Wangen und küßte sie dennoch.

Der erste Schnee fiel, als Oleg von der Schule kam und seinen Vater trostlos vorfand. Der Toaster ist kaputt, sagte er, iß einen Apfel. Oleg nahm sich einen aus der Obstschale und schaute seinen Vater nachdenklich an. Zwei Tage später kramte der Vater ein Kochbuch aus, in das die Mutter mit winziger Schrift geschrieben hatte. Vorsichtig stellte er Töpfe und Pfannen auf und holte die Milch aus dem Kühlschrank. Er bemühte sich lang, und als ein neuer Geruch aus der Küche rußte, kam Oleg vom Klavier und schaute herein. Die Pfannkuchen waren schwarz und zerbrochen und Oleg kaute bemüht. Keine Sorge, sagte der Vater, wenn die Mutter kommt, dann macht sie die besten Gerichte der Welt, du wirst sehen.

Die Mutter kam nicht. Aber irgendwann entzifferte Oleg die winzigen Zeichen im Kochbuch und er nahm sich einen Stuhl und suchte nach Eiern. Eines fiel ihm zunächst auf den Boden, da stand er ein Weilchen davor und betrachtete lange den glänzenden

Schleim und das helle Orange und rührte darin mit dem Finger. Und er holte die Eischale langsam heraus und befühlte die Bruchstelle und versuchte das Ei zu verstehen. Als der Vater hereinkam, gab's wieder Pfannkuchen, erneut in Stücken und unschön, aber goldgelb und ohne Verkohlung. Sie aßen sich satt und saßen noch länger, dann sagte der Vater, ich räum dann schon auf, geh du zum Klavier.

Oleg machte kaum Fortschritte. Er übte lautlose Tonleitern, und wenn ihm dabei doch ein Klang zustieß, ließ er ab und saß erschrocken viele Minuten, bevor er die Hände wieder auf die Tasten legte. Olegs Vater wartete noch und besprach sich oft mit der Mutter. Er übt doch, sagte er, irgendwann wird es auch klingen. Doch Oleg blieb dabei und in all den Monaten spielte er stundenlang unhörbare Glissandi, nur seine Pfannkuchen wurden besser.

Die Lehrer bestellten Olegs Vater in die Schule. Ist er ungezogen, fragte der Vater ahnend, doch die Lehrer verneinten. Er ist still, sagten sie. Ja, antwortete der Vater erbleichend, ich weiß. Er redet, fuhren die Lehrer fort, wenn überhaupt, wie unter Schmerzen, als fiele es ihm körperlich schwer. Vielleicht sollte man das mal untersuchen. Und so fuhren Oleg und sein Vater mit der Straßenbahn den Hügel hinauf zu einem weißgekleideten Herrn, der Oleg in den Hals sah und in die Ohren. Danach schenkte er Oleg ein Bonbon und sagte zum Vater, daß alles normal sei. Der Vater dankte und nahm Oleg am Arm. Schweigend fuhren sie den Hügel hinunter. Doch als sie zu Hause waren, ohrfeigte der Vater Oleg zum ersten Mal, er schlug ihn ins Gesicht und schlug und schlug und hörte gar nicht mehr auf. Oleg rannen die Tränen aus den Augen, doch er schluchzte nicht und schrie nicht auf. Und der Vater bedeckte seine Augen und sank in die Knie. Als er Oleg um Vergebung bitten wollte, war dieser schon hinausgegangen in die Küche und schlug Eier auf.

Nur wenige Leute waren gekommen, als mitten im Winter, an einem eisigen Tag voller Wolken, Oleg und sein Vater die Mutter begruben. Der Vater weinte bitterlich, Oleg schritt neben ihm her und lauschte dem knirschenden Schnee unter seinen Füßen. Als sie nach Hause gingen, hielt der Vater ein großes Taschentuch vor den Mund. Dann blieb er stehen, wischte sich über die Stirn, blickte zurück zum Friedhof und dann hinunter zu Oleg. Jetzt, sagte er, jetzt sind wir ganz allein. Und Oleg nickte, ohne zu wissen, warum. Aber als der Vater sich abwandte und weiterging, stieg Furcht in ihm auf und nahm ihm den Atem.

In den ersten Wochen ging der Vater sehr viel spazieren und Oleg fühlte sich frei. Er buk kleine Kuchen und Kekse aus dem Rezeptbuch der Mutter, der Vater aß sie ohne zu fragen.

Doch nach jedem Spaziergang war sein Blick trüber und Olegs Furcht nahm täglich zu. Am Abend saß der Vater im Wohnzimmer, hörte Mozart und Schumann und starrte auf das Klavier. Da rief er Oleg mit heiserer Stimme zu sich, und Oleg kam und ahnte nichts Gutes. Der Vater zerrte ihn zum Klavier hin. Spiel, sagte er, spiel. Oleg rührte sich nicht. Spiel, schrie der Vater, spiel, du verdammtes Wunder. Und er nahm Olegs Hände und hackte damit auf die Tasten ein, so geht das, hörst du, so. Dann schleuderte er Oleg zu Boden und Oleg stand nicht auf. Es geschehen keine Wunder, flüsterte der Vater, worauf warte ich noch. Und von da an saß er Tag für Tag bei Oleg auf dem Klavierstuhl und drückte ihm die Hände in die Tasten.

Es nützte nichts. Oleg lernte nicht. Mozart und Schumann blieben verborgen im Klavier, und Olegs Vater warf die CDs in den Mülleimer. Dann sah er Oleg mit müdem Gesicht an. Geh mir aus den Augen, murmelte er. Er zog sich zurück und hockte tagsüber in seinem Zimmer und kam erst nachts heraus, wenn Oleg schon schlief.

Olegs Vater wurde wunderlich. Stundenlang saß er nachts am Tisch und aß Haferflocken aus der Tüte, ohne Milch, ohne Joghurt, einfach nur Haferflocken, die wie trockenes Sägemehl durch die Küche stoben. Abends jagte er Oleg oft durch die Wohnung und aus ihr hinaus, und Oleg lief und lief noch, als der Vater schon von ihm abgelassen hatte, und er versteckte sich im Gartenhäus- chen der Nachbarn. Dort war es dunkel und staubig, nur wenig Nachthimmel paßte durchs Fenster, das mit Hacken und Rechen verstellt war, und von den Geräten hingen die Spinnweben. Oleg legte sich flach auf den Boden und summte mit zusammengekniffenen Augen ABC-Liedchen, bis er einschlief.

Eines Abends jedoch öffnete er die Augen und schaute ins Dunkel vor sich. Da sah er in der Ecke einen kleinen, mondbleichen Gegenstand leuchten. Oleg hielt ihn zunächst für einen runden Kiesel und er robbte näher, um ihn sich anzusehen. Als er ihn zwischen den Fingern drehte, erkannte er, daß es ein kleines Schnek- kenhaus war. Mit großen Augen betrachtete Oleg die kleine Spirale, die sich breit nach oben schraubte, und er strich über die dünne Schale, unter der die Schnecke schlief, während die Eingangstür mit einer dichten Haut verschlossen war. Oleg zog das Schneckenhaus ganz nahe an sich und hielt es in der warmen Faust. Dann rappelte er sich auf, öffnete die Tür des Garten- häuschens und ging zurück ins Haus und hinauf in die Wohnung, an seinem schluchzenden Vater vorbei und zu Bett.

Im Frühjahr fiel sehr lange ein nährender Regen, und die Wiesen brachen auf und die Bäume überzogen ihre

Äste mit jungem Grün. Olegs Schnecke hatte die Tür geöffnet und kroch die Bettleiste entlang. Oleg hielt ihr den Finger hin, und sie zuckte zurück, stülpte ihren fleischigen Körper nach innen und wartete ab. Oleg rührte sich nicht, und als die Schnecke wieder aus sich herauswuchs und behutsam tastend die Augen ausstreckte, wartete Olegs Finger immer noch unbewegt. Da nahm sie es hin und kroch über ihn weg und Oleg erschauerte wohlig.

Oleg liebte die Schnecke. Er baute ihr in einem Schuhkarton ein Gehege aus feuchtem Gras und brachte ihr Salat und Erdbeeren. Wenn der Vater nach ihm schrie, schob er den Karton unter das Bett und trat tapfer hinaus. Wenn alles vorbei war, kehrte er zurück, holte die Schnecke hervor und hauchte sie mit warmem Atem an. Dann ließ er sie kriechen und sah ihr still zu, stundenlang. Noch in der Nacht, wenn der Vater unruhig durch die Wohnung wankte, lag Oleg wach und strich mit langen Grashalmen über die wandernde Schnecke und zuckte bei jeder Berührung mit ihr.

Der Vater öffnete die Briefe nicht mehr, die sich auf dem Küchentisch häuften. Einige sahen wichtig aus und trugen viele Marken und Stempel. Oleg aber dachte nicht darüber nach, er strich sich sein Morgenbrot und rannte dann zur Schule, wo die Lehrerin immer besorgter schaute. Auf dem Heimweg machte Oleg Umwege. Er hatte es nicht eilig, vom Vater zum Klavier geprügelt zu werden. Irgendwann kam er dann nach Hause und hörte den Vater in der Küche Papier zerreißen. Rasch schlich Oleg an der halbgeöffneten Tür vorbei. In der Hand hielt er ein Salatblatt. Doch als er in sein Zimmer trat, lag der Karton umgestürzt auf dem Boden zwischen Gras, Erdbeeren und faulem Salat. Oleg brach in die Knie. Vor dem Bett war

ein dunkles feuchtes Häufchen. Im trüben Licht erkannte man nur mühsam die Splitter des Schnecken-
häuschens.

Eine Woche lang aß Oleg nicht mehr. Er ging zur
Schule und floh vor seinem Vater wie immer, doch er
wurde zusehends blasser. Draußen regnete es wieder
und Olegs Heimwege wurden länger und länger. Oft
stellte er sich mit beiden Beinen in tiefe Pfützen, bis
sich seine Schuhe vollgesaugt hatten und ihm das Naß
durch die Söckchen drang. Wenn ihm dann kalt war
und er es nicht mehr aushielt, rannte er weiter zur
nächsten Pfütze. Dann zog er eine Plastiktasche aus der
Jacke, in der sammelte er kleine schwarze Schnecken,
die er an ihren winzigen Häuschen aus dem Gras hob.
So ging er Stunden, durchnäßt und frierend, und seine
Tasche wurde voller und voller.

Am Abend schlich sich Oleg leise in die Wohnung. Er
zog die Tasche hinter sich her ins Wohnzimmer und
stand dann vor dem Klavier. Der dunkle Kasten stand im
Dämmer unheimlich schattig vor Oleg, doch dieser
kletterte entschlossen auf den Klavierstuhl und schüttete
die Schnecken auf das Klavier. Die ihm herunterfielen,
sammelte er auf und legte sie behutsam auf die Tasten,
und so lagen sie in ungeordneten Haufen beieinander
wie Papierkügelchen. Dann aber kam langsam Leben in
sie, sie streckten ihre Leiber aus und überzogen den un-
heimlichen Kasten mit ihren silbernen Straßen, die
schimmernde Muster bildeten, sich kreuzten, verfloch-
ten oder nebeneinander herliefen. Oleg hielt sein heißes
Gesicht in den Händen und folgte den Schnecken mit
glasigem Blick. Bald stand das Klavier wie von un-
zähligen Spinnfäden eingeschnürt, ein schimmerndes
Paket im aufsteigenden Mondlicht.

Spät trat der Vater ein. Oleg wandte sich nicht nach
ihm um. Und als der Vater mit einem Schrei auf ihn

zustürzte, ihn packen wollte, fiel Oleg einfach um, wie vor Jahren seine Mutter, sank hin und fühlte nichts mehr.

Viele Tage lag er im Fieber, und als er erwachte, mußte er nicht mehr zu seinem Vater zurück. Die Wohnung war verkauft und Oleg kam zu einer Familie, die einen Hund hatte und ein Baby. Manchmal, wenn sie spazieren gingen, kamen sie an einem Haus mit hohen, vergitterten Fenstern vorbei. Dann klopfte Olegs Herz schneller und er meinte, den Blick des Vaters zu spüren, und er spornte den Schritt an und sah nicht mehr hin.

Seine Mutter aber besuchte Oleg noch häufig, fast so wie früher. Und fast so wie früher blieb er lange bei ihr und sah auf sie hinab, wie sie dalag in ihrem kühlen Traum, und er erzählte ihr von den Kirschen und dem Vollmond. Dann holte er aus der Jackentasche ein kleines, bleiches Schneckenhaus und legte es der Mutter wie eine Blume hin. Danke, flüsterte er, und er wandte sich um und ging. Am Ende der Gräberreihe blieb er noch einmal stehen und blickte zurück. Da lag das Grab seiner Mutter, übersät mit Reihen und Reihen von kleinen, weißen Häuschen. Doch er wußte, daß diese Last ihr nicht schwer war.

Margareth Obexer

Oder: Von der Schwerkraft der Wörter

Weil ich zum ersten Mal vorne sitzen durfte, allein mit meinem Vater zum Einkauf im Auto, nahm ich an, im Erwachsenenalter zu sein; und ich wollte alles richtig machen.

Wenn er das Auto von der Einfahrt auf die Straße lenkte, drehte die Familie den Kopf nach rechts und wieder zurück und sagte laut und deutlich „frei". Also drehte ich den Kopf nach rechts und wieder zurück und sagte laut und deutlich „frei".

Mein Vater gab Gas und fuhr in das Auto, das gerade vorbei kam. Ich schlug mit den Milchzähnen am Armaturenbrett auf, und während meine Zunge sich unter dem Zahn in das süßliche Zahnfleisch hineinwühlte, fing ich an zu begreifen, was mit dem Wort „frei" gemeint gewesen sein könnte.

Meine Mutter band eine Schnur an den Zahn und drehte an der Angelrute; noch ehe die Rute sich krümmte, war der Zahn ab. Sie sagte mir, dass jedes Wort ein Gewicht hat und erzählte mir von Früher. Dort hatte sie es geliebt, mit dem Ochsengespann loszupreschen, sich aufzurichten, mit der Peitsche auf die Tiere einzuschlagen und dabei zu rufen: „Die goldene Freiheit geht über alles."

In rasender Fahrt bogen die Ochsen in die Kurve und der Wagen über die Böschung. Meine Mutter flog über die Deichsel und landete auf dem gerade eingeknickten Hinterteil des Ochsen. Dieser war sanftmütig, hätte meine Mutter während des Flugs die Peitsche aus der Hand gelassen. So grub sie sich für die Ewigkeit in die Oberlippe meiner Mutter ein.

Mein Vater, der stottert, war in der Schule durchgefallen, weil er den ganzen Aufsatz ohne Punkt und Beistrich geschrieben hatte. Das hing mit der Luft zusammen, weil er mit dem Atem befürchtete, dass ihm auch die Wörter ausgehen könnten, dachte ich mir.

Warum mein Vater stottert, erzählte mir meine Mutter. Er war als Junge auf einen Kirschbaum geklettert und traute sich hinterher nicht wieder auf die Erde zurück.

Er schrie laut nach seiner Mutter, die zu der Zeit gerade im Kreißsaal lag. Seine Mama-Rufe hörten nur Tante und Onkel. Die standen am Fuße des Baumes und hörten nicht auf zu rufen: „Deine Mutter ist nicht hier. Deine Mutter ist im Krankenhaus." Mein Vater aber hörte nicht auf, nach seiner Mutter zu rufen. Langsam stellte er sich an, seinen hohen Sitz zu verlassen. Zaghaft schaffte er es, von der sitzenden Lage in die Bauchlage zu kommen, den Ast mit seinem Körper zu umklammern und an der knorrigen Rinde von einer Astgabel zur nächsten zu rutschen. In der Zwischenzeit war sein Weinen und Klagen in einen Weinkrampf und in ein trockenes Zucken übergegangen, das seinen Weg nach unten begleitete.

Als er nicht mehr weit von der Erde entfernt war, griff sein Onkel nach ihm und mein Vater stieß einen grellen, ohrenbetäubenden Mama-Schrei aus, der seinen Onkel zurückschrecken ließ. Der ließ von ihm ab, doch mein Vater verlor über den Schrei selbst die Balance und fiel vom Baum auf den Rücken. Seither stottert mein Vater.

Warum mein Vater stottert, erklärte mir meine Großmutter. Als sie mit ihm schwanger war, fiel von einem hohen Kastanienbaum eine große schwarze Schlange direkt vor ihren Füßen auf die Erde. Das war die Strafe der Schwiegermutter und die Warnung zugleich, denn die wusste, dass sich ihre Schwiegertochter bei anderen schlecht über sie unterhielt.

Seither stottert mein Vater, der eigentlich nur stottert, wenn andere ihn nervös machen. Dann beißen sich die Wörter in seiner Kehle fest und verstopfen seine Adern, weil sie sich von ihm nicht trennen wollen. Und aus Sorge, dass sie auf den Boden fallen und zertreten werden könnten, behält mein Vater die Wörter bei sich.

Immer wenn er stotterte, wusste ich, dass er jetzt lieber woanders wäre, weder auf einem Baum noch in einem Meldeamt. Ich wollte dann immer gehen, denn wenn er stotterte, bekam ich einen Fußkrampf.

Es kann zu jeder Zeit und überall passieren, dass sich die Wörter bei ihm wohler fühlen als bei denen, die ihm gegenüberstehen. Immer spielen aber Personen eine Rolle, die ihn nervös machen. Der Postbote, der Polizist, der Verkäufer oder ein Beamter, der ihn fragt, ob er deutsch spricht. Personen, die Hunde zum Bellen bringen, eigentlich.

Mein Großvater sagte: Dass mein Vater stottert, hat damit zu tun, dass er als kleiner Junge immer log. Weil er ihm aber das Lügen austreiben wollte, drosch er gnadenlos auf ihn ein, jedes Mal, wenn mein Vater eine Lüge erzählte. Doch das Lügen war dem Jungen nicht auszutreiben. Sie konnten zufrieden sein, wenn er wenigstens stotterte.

Und nicht so viel sagen konnte, wie er gerne wollte.

Weil einer, der stottert, verrät, dass er lügt, wenn er stottert und so weiter.

Meine Tante meinte, dass es keinen richtigen Grund gebe zum Stottern.

Denn sie beide, sie und ihr Bruder, seien von einer typhusbefallenen Mutter zur Welt gekommen und mussten täglich in kochend-heißem Wasser gebadet werden.

Und jetzt meint jeder, dass das Stottern vom heißen Wasser gekommen wäre. Doch schließlich stottert sie ja auch nicht, was nichts anderes heißt, dass mein Vater ohne richtigen Grund stottert. Und wegen einer Schlange, die vom Baum fällt, muss keiner anfangen zu stottern, vor allem, wenn er noch gar nicht sprechen konnte zu einem Zeitpunkt, als er noch gar nicht geboren war. Überhaupt hätte er sich durch sein Stottern so manche Scham erspart, für die manch andere viel eher stottern könnten, sie selbst eingeschlossen. Ständig fand sie sich im Dienstzimmer des Direktors wieder, sogar vor ganzen Klassen musste sie sich entschuldigen, weil sie die Erbsünde mit der Prinzessin auf der Erbse verwechselt hatte, weil sie von Hunden erzählte, die's mit Menschen tun, oder weil sie vom jungen Kooperator wissen wollte, ob er schon mal. Ihre Klassenlehrerin nannte sie: „Die mit der spitzen Zunge." Doch nicht einmal von so viel Scham fing sie an mit dem Stottern. Stattdessen brachte sie noch zu Schulzeiten ihre erste Theateraufführung heraus, „Hamlet und Omlet", und setzte meinen Vater als stotternden Helden ein.

Mein Vater hätte also nie einen wirklichen Grund zum Stottern gehabt.

Als meinem Vater die Adern platzten, fand ihn meine Mutter ausgestreckt in der Fußgängerzone liegen. Um ihn herum stand eine Schar von Passanten. Da meine Mutter ihn aus purem Zufall fand, konnte sie ihn zufällig retten. Sie hatte einen kurzen Blick auf den Niedergestreckten geworfen und entdeckt, dass er die gleiche Uhr trug wie ihr Mann. Und weil sie herausfinden wollte, welche Frau denselben Uhrgeschmack hatte wie sie, trat sie näher und rettete so meinen Vater.

Igo Lanthaler

Der Norden

Graf muß weg. Es wurde mir an einem Abend Anfang
Dezember klar, als ich mit Karin über den Dorfplatz
ging. Ein paar Männer traten drüben aus der Dorfbar.
Sie diskutierten lautstark, und als sie uns sahen, ver-
stummten sie und grüßten uns in dieser verschämten
Art von unbedarften Leuten. Wir gingen zu unserem
Wagen, Karin stieg ein, und die Kerle wurden wieder
lauter. Ich ging nach hinten zum Kofferraum und tat
so, als hätte ich irgend etwas zu verstauen. In Wirklichkeit versuchte ich herauszufinden, was die Kerle
drüben vor der Bar redeten. Ich war nicht sonderlich
überrascht, als ich hörte, daß sie sich über einen un-
dichten Gummiring am Abfluß einer Waschmaschine
unterhielten.

„Ich kann dir einen neuen besorgen", sagte der eine.

„Gut", sagte der andere.

Nach einer Weile sagte der dritte – ich kannte ihn
besser, weil er wegen Magenproblemen schon öfters
in meiner Praxis gewesen war: „Wo kriegst du die
eigentlich her?"

Er meinte die Gummiringe.

„Aus Afrika", sagte der erste, „handgeschnitzt."

Ich erzähle diese Geschichte nur, weil sie – wie ich
denke – den Stand der Dinge sehr gut veranschaulicht.
Sicher, die Art, in der die Leute sich hier verständigten,
war schon immer eigentümlich und verschroben. Aber
handgeschnitzte Dichtungsringe aus Afrika: darüber
redeten sie erst, seit ich ... seit Karin ... seit es sich herumgesprochen hatte, daß Graf der Klavierlehrer meiner
Frau war.

Natürlich ließ ich mich zu völlig unsinnigen Aktionen verleiten. In derselben Nacht etwa ging ich hinunter in die Garage, einen Staubsaugerschlauch in der linken Hand, ein paar Briefe in der rechten. Briefe, die Karin mir am Anfang unserer Liebe geschrieben hatte. Als ich ihr am nächsten Tag davon erzählte, sagte sie nur: „Mit Autoabgasen?! Komische Methode."

Sie balancierte ein Orangennetz durch die Küche. Es war zehn vor acht.

„Komische Methode?!" fragte ich, „was findest du daran komisch?"

Sie holte das große Fleischmesser aus der Schublade und schnitt ein Loch in das Orangennetz. Eine Orange fiel auf den Fußboden. Karin schubste sie mit dem Fuß zur Seite. Sie bückte sich nicht danach.

„Was willst du hören?" fragte sie.

Ich starrte aus dem Fenster. Unten an der Tankstelle wuchtete jemand Winterreifen aus einem Kofferraum.

„Autoabgase", sagte Karin. „Ich denke, es ist ein interessanter Schnittpunkt zwischen Automobilkultur und Psychopathologie. Willst du auch einen Orangensaft?"

Ich ging ins Bad und würgte über der Badewanne. Eine viertel Stunde später leuchtete ich unten in der Praxis die geschwollenen Mandeln eines Siebenjährigen an. Die Mutter des Jungen war auch da. Als ich ihr das Rezept überreichte, konnte ich es von ihrem Gesicht ablesen. *Na, was bringt er ihr denn so bei, der Herr Klavierlehrer Graf?!*

Karins musikalische Ambitionen waren natürlich das Resultat einer maßlosen inneren Leere. Nicht, daß diese Leere ... ich meine, es gibt keine Leere. Bei dem Gefühl von Versäumnis, das uns in der Tat mitunter überkommt, handelt es sich um etwas Angelesenes, eine Einbildung. Wie soll einer an seinem Leben vorbeileben? Die Klage über die Sinnlosigkeit unseres Daseins ist bloß ein alter, schäbiger Trick. Wir sind uninteressant, also zieren wir uns mit philosophischen Gedanken. Wir geben uns pessimistisch. Und im übrigen: wer wagt es schon, von sich zu behaupten, daß er ein ausgefülltes Leben führe?! Freiwillige Erntehelfer vielleicht oder umnachtete Priester. Leute aus der New Economy. Sie tragen die Nase immer hoch.

Karin hätte genauso gut anfangen können, Krüge aus Ton zu modellieren oder Spinnen zu züchten. Ihr Gefühl von Leere war angelesen. Es gab keinen Grund, plötzlich auf diesen Zug aufzuspringen. Und warum ausgerechnet Klavier?! Ich verstehe nichts von Musik, aber ich denke, es ist ein bißchen wie in der darstellenden Kunst. Muß man, um Malerei zu genießen, Sonnenblumen auf die Leinwand klecksen? Muß man sich ein Ohr abschneiden?!

Musik will gehört werden. Wenn sie uns etwas sagen will, dann ist es die Tatsache, daß die Dinge im Kopf passieren. Sie müssen im Kopf passieren. Die Dinge müssen im Kopf passieren. Alles andere ist Quatsch.

„Du willst anfangen, Klavier zu spielen?" sagte ich. „Es gelingt dir immer wieder, mich zu überraschen. Du bist eine wunderbare Frau."

Als ich Mike davon erzählte, am Telefon, lachte er mich aus. „Deine Karin? Klavierspielen? Sie hat Flausen im Kopf", sagte er. Kurz darauf schickte er mir eine Mitteilung folgenden Inhalts: *Mit Recht erscheint uns das Klavier, wenn's schön poliert, als Zimmerzier. Ob's außerdem Genuß verschafft, bleibt hin und wieder zweifelhaft.* Eine Zeile weiter: *Vielleicht solltest du öfters mal Wilhelm Busch lesen. Du hast über dem ärztlichen Alltag den Sinn fürs Wesentliche verloren. Halt die Ohren steif. Dein Mike.*

Am Abend nach der Nacht, in der ich den Staubsaugerschlauch an den Auspuff meines Wagens gesteckt hatte, saß Graf mit geschlossenen Augen im Wohnzimmer. Sein Mund stand offen, und seine langen Finger klimperten auf einem imaginären Klavier herum. Karin betrachtete in einem Buch, das Graf ihr mitgebracht hatte, Schwarzweiß-Fotos. Bei dem Buch handelte es sich um eine Biographie über Glenn Gould.

„Er hat immer Handschuhe getragen", sagte Graf.

„Wer?" fragte ich.

„Glenn", sagte Graf, „er hat immer Handschuhe getragen. Glenn hatte Durchblutungsstörungen. 1964 hat er aufgehört, öffentliche Konzerte zu geben. Ich kann das gut verstehen. Applaus ist ein schreckliches Geräusch."

Karin rauchte eine Zigarette. Eine Flasche Wein stand auf dem Tisch und zwei Bordeauxgläser.

„Glenn", sagte Graf, „war jenseits von gut und böse. Sein Gespür für Musik war – wie soll ich sagen …"

Er suchte krampfhaft nach einem Wort, das der Musikalität Glenn Goulds angemessen wäre. Er ging mir auf die Nerven. Sein Gerede über Glenn Gould ging mir auf die Nerven. Es ging mir auf die Nerven, wie er Karin mit den Legenden über diesen Ausnahmepianisten verrückt machte. Ich wollte, daß er endlich ging.

„Unglaublich, diese Begabung", sagte Karin, „Glenn muß ein richtiger *Gouldjunge* gewesen sein." Sie sagte es nicht nur einmal. Immer wieder sagte sie „Glenn muß ein richtiger *Gouldjunge* gewesen sein", so, als hätte ich das Wortspiel nicht begriffen.

„Er hat sehr zurückgezogen gelebt", fuhr Graf fort. „Glenn hat zwar ein Appartement in Toronto gehabt, aber in Wirklichkeit hat er immer vom Norden geträumt. Da wollte er hin. In eine menschenleere Gegend irgendwo über dem Polarkreis. Er hat die Einsamkeit gesucht. Als ein Blutgefäß in seinem Kopf geplatzt war, wollte er sich nicht mal fahren lassen. Er ist selbst gefahren. In seinem schwarzen Longfellow. Und immer diese Handschuhe. Er war wirklich unglaublich."

74

Ich wollte sagen, daß Madame Curie auch nicht von schlechten Eltern gewesen war oder Sir Alexander Fleming. Aber ich sagte nichts.

Ich sagte nur: „Es wird allmählich Zeit."

Man muß sich das vorstellen: ich war Gemeindearzt, und da saß dieser Graf in unserem Wohnzimmer und redete von Handschuhen; auf dem Tisch standen Bordeauxgläser, und es war zwei Uhr morgens, und meine Frau sagte: *Glenn muß ein richtiger Gouldjunge gewesen sein.*

Als ich später vor dem Spiegel stand und mir die Zähne putzte, mußte ich an Sprengstoff denken. In Gedanken jagte ich die Welt in die Luft. Das beruhigte mich.

Als Graf zum ersten Mal unsere Wohnung betreten hatte, hatte er einen Stapel Notenhefte unter dem Arm getragen. Mein Gott, sagte er, als er sich an das Klavier setzte, was für ein Genuß. Er hatte nämlich seit Jahren keine gewichtete Tastatur mehr berührt. Klimperte nur in seiner Behausung oben an der Paßstraße auf einem billigen Yamaha-Keyboard herum. Mir war sofort klar, daß mit dem Kerl etwas nicht stimmte.

Angeblich hatte er an irgendeiner Hochschule in Berlin Musik studiert. Er könne von Glück reden, pflegte er zu sagen, daß er diese Zeit überlebt habe. Wie alle Großstädte sei auch Berlin ein Moloch und tödlich für einen Musiker, der allein sein müsse in der Stille. Glenn, sagte er, hat mit 32 Jahren aufgehört, Konzerte zu geben. Ich kann das gut verstehen, Applaus ist ein schreckliches Geräusch.

Er selbst, Graf, habe sein letztes öffentliches Konzert in Dresden gegeben, das liege auch schon einige Jahre zurück. Gott sei Dank, sagte er.

Das Gerede über seine Berliner Zeit langweilte mich. Es war das Gerede eines Verlierers. Wer hat es nötig, die Vergangenheit zu beschwören, wenn nicht Leute, die genau wissen, daß sie auf dem Abstellgleis stehen?!

Ihre eigene erbärmliche Vergangenheit: etwas anderes haben sie nicht. Sie müssen sie mit Lügengeschichten in ein strahlendes Licht tauchen. Sie müssen Legenden bemühen, um vor dem Nichts ihrer Gegenwart zu bestehen.

Am Nikolaustag saß ich mit Karin in einer Pizzeria. Karin trank wieder Rotwein. Sie erzählte mir von dem abgewetzten Klavierhocker, den Glenn Gould zeit seines Lebens mit sich herumgeschleppt hätte. Da ich nichts Aufregendes dazu zu sagen hatte, redete sie schließlich über etwas anderes. Über einen Artikel, den sie irgendwo gelesen hatte. Es ging um irgend-welche Stars der deutschen New Economy-Szene. Wahrscheinlich dachte sie, daß ich dafür mehr Inter-esse aufbringen würde.

Irgendwann sagte ich: „Weißt du, warum gewisse Leute Klavierlehrer werden?"

„Warum?" fragte sie.

„Aus denselben Gründen", sagte ich, „die andere Leute dazu veranlassen, die Laufbahn des Gynäkologen einzuschlagen. Für Psychopathen läuft es auf dasselbe hinaus."

Sie knabberte an einem Stück Pizzarand, als hätte sie nichts gehört. Dann sagte sie: „Du bist ein komischer Vogel!" Sie lächelte mich an, und der Anblick ihrer roten Lippen, ihrer blassen Wangen rief mir wie so oft eine Zeile aus einem Räuberlied in Erinnerung, das meine Tante immer gesungen hatte: *Sie war so schön, so schön wie Milch und Blut* ...

Es gab keine Antworten auf meine Fragen, meine Zweifel. Selbst meine schamlosesten verbalen Angriffe blieben folgenlos. Das war es, was mir am meisten zu schaffen machte. Als wir wieder zuhause waren, setzte ich mich ins Wohnzimmer. Karin legte sich schlafen. Sie war betrunken und schlief sofort ein.

Ich ging in ihr Arbeitszimmer, riß die Schubladen am Schreibtisch heraus, durchwühlte die Post. Natürlich fand ich nichts. Ich ließ meinen Blick über ihr Arbeitszimmer gleiten. Einrichtungsberater pflegen den Leuten einzureden, daß der Stil, in dem ein Zimmer eingerichtet ist, etwas über den Menschen aussagen könne, der dieses bewohnt. Ich habe diesen Quatsch nie wirklich geglaubt. Dennoch fiel es mir schwer, *keine* Schlüsse zu ziehen, als ich nun ein Porträt von Glenn Gould entdeckte. Es hing an der Wand. Ich haßte Graf.

Ich wußte, daß Karin ihn nur bei den Klavierstunden sah. Aber ich wußte auch, daß die Verbindung, die es zwischen ihr und Graf gab, physischer Nähe nicht bedurfte. Das Geheimnis ihrer Beziehung war Glenn Gould. Das Geheimnis ihrer Beziehung war eine Legende.

Etwas später dämmerte ich im Wohnzimmer weg. Ich träumte von Schnee. Schnee lag auf den Äckern, und der Himmel sah aus wie die Einöde über dem Eis der Antarktis: weiß, monochrom und fast strukturlos, nur da und dort ein paar dunklere Stellen, die genausogut eine Sinnestäuschung sein konnten. Als ich aufwachte, fiel mein Blick als erstes auf die Stehlampe in der Ecke: ein zigarrenförmiges Designerstück, das Mike uns zur Hochzeit geschenkt hatte. Sie war ein wenig verstaubt und das Licht war fahler als sonst. Ein Gefühl von Traurigkeit überkam mich. Eine Trostlosigkeit wie in einem Möbelhaus.

Die einfachsten, selbstverständlichsten Dinge setzten mir zu. Vielleicht, weil es die einfachen Dinge sind, die uns ein Gespür für unsere Einsamkeit geben. Man schnürt sich die Schuhe und denkt sich nichts dabei; im nächsten Augenblick weiß man, daß es keine größere Einsamkeit gibt als die eines Menschen, der sich die Schuhe schnürt; jedenfalls kam es mir so vor, als ich mir bewußt wurde, wie ich gekrümmt dastand, wie meine Finger sich mit den Schnürsenkeln abmühten. Irgend jemand, fiel mir ein, hatte einmal gesagt, daß es darauf ankommt, wie man seinen Anzug in den Schrank hängt. Man muß bei der Sache sein, das ist es wohl, was er damit gemeint hat; man muß den Augenblick leben, wie die alten, säuerlichen Jungfern sagen, die, die sich bemühen, über den Aphorismenbüchern unter ihren Kopfkissen ein vertanes Leben zu vergessen. Aber was ist der Augenblick? Was heißt es, den Augenblick zu leben, wenn man weiß, daß die Dinge letztlich im Kopf passieren?! Heißt es nicht, daß man die vermeintliche Wirklichkeit nicht allzu ernst nehmen sollte? Daß man, gerade wenn man wirklich leben will, einen Pakt mit der Wirklichkeit nicht schließen darf?!

Die Schuhe waren geschnürt. Ich atmete mit geschlossenen Augen einmal tief durch. Warum haben gerade Gauner, Diebe und Mörder so oft ein fröhliches Gemüt? Liegt es daran, daß sie um die Hinfälligkeit der Wirklichkeit wissen? Ertragen sie die Widersprüche, weil sie eingeweiht sind in das offene Geheimnis, daß die Dinge im Kopf passieren?

Leicht fühlte ich mich und beschwingt, als ich einen letzten Blick zu Karin ins Schlafzimmer warf und die Wohnung verließ. Eine Minute später schoß der Wagen aus der Garage.

Das Dorf war wie ausgestorben. An der Telefonzelle bei der Metzgerei hielt ich an. Ich stellte den Motor ab, machte die Scheinwerfer aus und stieg aus dem Wagen. Es war totenstill und – bis auf den violetten Schein, der von einer Fliegenfalle im Verkaufsraum der Metzgerei ausging –, auch völlig dunkel. Ich wählte Grafs Nummer. Er meldete sich mit Graf, wie ein Trottel.

Ich sagte nichts, hörte nur zu, wie er *hallo* sagte und *Graf* und *hallo, hallo, wer ist da?* Schließlich legte ich auf.

Wie berauscht war ich, als ich in die Auffahrt zum Paß einbog. Ein Arzt, der mitten in der Nacht in seinem Wagen durch die Gegend fährt: war es nicht ein beliebtes Motiv der amerikanischen Psychothriller, die Karin und ich uns früher gern angesehen hatten? Der Arzt als herumirrendes, orientierungsloses Nachtgespenst ...

Graf wohnte ein paar Kilometer unterhalb des Passes. In einem Gasthaus, das seit Ende Oktober geschlossen war. Es hieß, daß man ihn dort kostenlos wohnen ließ, seine Anwesenheit sollte Einbrecher abschrecken – ich mußte lachen bei diesem Gedanken.

Im Wagen wollte es nicht warm werden, aber in meinen Händen, in meinen Schläfen pochte das Blut. Natürlich kamen mir Zweifel, und vorübergehend hatte ich das Gefühl, einem gefährlichen Mangel an Selbstbeherrschung zu unterliegen. Aber bei der Vorstellung, ich könnte umkehren, den Wagen zurück in die Garage fahren und mich schlafenlegen, war mir sofort wieder klar, daß ich es zu Ende bringen mußte. Im übrigen hatte ich keine Angst davor, weil ich wußte, daß die Dinge im Kopf passieren. Die Dinge passieren im Kopf, und die Fakten, von denen wir in der cronaca nera der Tageszeitungen und in den Dossiers der Staatsanwälte lesen können – diese heiligen Fakten, was sind sie anderes als das Zeug, das man in den Vitrinen der Lebensmittelläden bestaunen kann: Käse?!

Das Dorf lag tief unter mir: eingekeilt zwischen aufragenden Bergen, ein kleines Nest, für das ich im Laufe der Jahre eine gewisse Sympathie entwickelt hatte. Man kannte sich, und die Leute hatten mich nach anfänglichem Mißtrauen schätzen gelernt. Natürlich gab es die üblichen Narren, die mich als Pillenverschreiber und Handlanger einer kriminellen Pharmaindustrie diffamierten. Früher hatten sie gegen Langhaarige und Gottlosigkeit geschrien, jetzt schrien sie gegen Kortison, Antibiotika und Schulmedizin: der Arzt als rechte Hand des Teufels. Aber diese Sektierer – in der Regel bedauernswerte Frauen, die sich schuldig fühlen, weil sie ein oder zwei kränkliche Kinder in die Welt gesetzt haben –, diese Sektierer gab es überall: bigotte Nörgler, die den irrationalen Bockmist einer mittelalterlichen Hexe wie Hildegard von Bingen nachbeteten. Ich hatte die Hetze dieser Leuten nie gefürchtet. Mein Ruf war ausgezeichnet, und die sympathischen Steinböcke, wie ich die Bauern bei mir nannte, die in klobigen Schuhen von den Bergen herabstiegen, um über nüchternen Magenschmerz zu klagen, brachten mir manchmal frische Eier und Speck aus ihren Selchküchen mit. Wo ich auch hinging, war ich ein beliebter Gesprächspartner. All das hatte sich freilich geändert, als es sich herumgesprochen hatte, daß Graf der Klavierlehrer meiner Frau war. Die Leute verhielten sich plötzlich merkwürdig. Sie vertuschten ihr Wissen mit Gesprächen über absurdes Zeug wie handgeschnitzte Dichtungsringe aus Afrika. Das Leben zeigte sich von seiner rauhen, von seiner allerrauhesten Seite, seit Graf in unser Leben getreten war.

Als ich vor dem Gasthaus stand und nicht wußte, wie ich mir Zutritt verschaffen sollte, mußte ich an einen Satz denken, den Mike manchmal zu mir gesagt hatte, wenn wir in einen Sezierkurs gingen – ich hatte das Herumschnipseln an Leichen stets abgelehnt. *Eine gemäßigte Prinzipienlosigkeit*, hatte Mike immer gesagt, *eine gemäßigte Prinzipienlosigkeit gehört zur Diätetik der Seele*. Ich brach ein Fenster im Erdgeschoß auf, mit Gewalt.

Graf hielt sich in einem Zimmer im Obergeschoß auf. Es war das Zimmer am Ende eines Flurs, an dessen Wänden Geweihe von Rehböcken und Gemsen hingen. Ich trat ein, ohne anzuklopfen. Graf stand mit offenem Mund in der Mitte des Zimmers; seine Hände steckten in Handschuhen und er dirigierte eine Musik, von der ich annahm, daß sie halluziniert war; denn die Musik aus dem Radio – wahrscheinlich eine Zote vom letzten Grand Prix der Volksmusik – hatte einen anderen Takt.

Ich verspürte große Lust, in die Hände zu klatschen, zu applaudieren, seine Vorstellung oder Kontemplation oder was auch immer es war durch dieses schrecklichste aller Geräusche zu beenden. Dann jedoch räusperte ich mich nur.

Es dauerte eine Weile, bis er meiner Präsenz gewahr wurde. Er zuckte zusammen, fing sich jedoch erstaunlich schnell. Wie ich hereingekommen sei, wollte er wissen.

Ich erzählte es ihm. Während ich es ihm erzählte, sah ich mich im Zimmer um. Das Bett an der Wand war nicht gemacht, und auf dem Yamaha-Keyboard stand eine offene Flasche Schnaps; in einem Aschenbecher rauchte eine Zigarette sich selbst.

„Zugegeben", sagte ich, „eine etwas unkonventionelle Methode, ein Haus zu betreten, aber ich wollte nicht klingeln. Klingeln ist ein schreckliches Geräusch. Ein bißchen wie Applaus."

Ich wollte ihm den Wind aus den Segeln nehmen. Wollte ihn einlullen.

Er ging hinüber zum Radio, stellte es leiser und drückte mir dann ein Glas in die Hand. Ich konnte seine Schnapsfahne riechen, als er vor mir stand und fragte, ob ich Aufschnitt möchte. Die unterwürfige Art, mit der er seine Angst überspielte, widerte mich an.

„Danke", sagte ich, „aber ich habe gegessen."

Und dann fiel mir etwas ein. Ich hatte plötzlich Lust, mit ihm zu spielen. Ich hatte Lust, mit ihm zu spielen wie eine Katze mit der Maus spielt, die sie eben gefangen hat.

„Tja", sagte ich, „ganz schön stickig hier drinnen, nicht?!"

Dann sagte ich: „Es blüht die Wurst nur kurze Zeit, die Freundschaft blüht in Ewigkeit."

Mike hatte mir das einmal geschrieben, es war ein Wilhelm Busch-Zitat, aber davon sagte ich Graf nichts. Stattdessen fing ich an, über Ochs und Esel im Stall von Bethlehem zu reden und über den tieferen Sinn von Weihnachten, das in unserer Zeit – in unserer *geräuschhaften* Zeit, sagte ich – zu einem Fest der Perversionen verkommen sei. Aus der Liebe sei ein Geschäft gemacht worden und aus dem Schenken eine Konvention. Dann redete ich über die Kunst und ihren Auftrag, Freude zu verbreiten. Auch der Arzt sei in gewisser Hinsicht ein Künstler, nicht zufällig spreche man von der Medizin als *Heilkunst*. Kurz und gut, schloß ich ab, ich sei gekommen, um ihm, Graf, eine Freude zu bereiten.

„Ich möchte Ihnen einen Flug nach Toronto schenken", sagte ich.

Graf glotzte auf seine Handschuhe hinunter, und ich konnte sehen, wie es in seinem Kopf arbeitete.

Schließlich blickte er auf. „Toronto!?" fragte er, „was soll ich in Toronto?!"

„Glenn hat dort gelebt", sagte ich. „Es hat mir immer gefallen, wie Sie von ihm geredet haben. Ihre Begeisterung. Ich wollte, daß Sie seine Stadt sehen."

„Wissen Sie", sagte ich, „Sie … Sie sind ein großer Bewunderer seiner … "

Graf unterbrach mich in unerwartet barschem Ton.

„Ich möchte Toronto nicht sehen", sagte er. „Glenn hat einmal gesagt, Toronto ist eine sehr konservative Stadt. Die Leute gehen zahlreicher ins Konzert als anderswo, und sie applaudieren stürmischer als anderswo. Aber ihr Beifall besagt gar nichts; er macht höchstens deutlich, daß sie nichts begriffen haben. Im übrigen sind Städte der Entwicklung des Musikers abträglich."

Ich fand es erstaunlich, wie klar er formulierte. Es schien mir, daß er plötzlich Mut gefaßt hatte. Natürlich konnte er so blöd nicht sein zu denken, ich wäre tatsächlich nur gekommen, um ihm eine Reise nach Kanada zu spendieren. Aber diese Möglichkeit, so unwahrscheinlich sie auch war, machte ihm Hoffnung. Und genau aus diesem Grund fing er wieder an mit seinem Geschwätz über Glenn Gould. Er war auf einmal blind und unvorsichtig.

„Sie wollen also nicht fahren?" fragte ich ihn.

„Nein", sagte er. Er ging zum Fenster hinüber, wischte mit einem Ärmel über die beschlagenen Scheiben und starrte in die Nacht hinaus.

„Glenn wollte immer in den Norden", sagte er, „in die Kälte. Obwohl er selbst in geheizten Räumen fror. Hier", Graf drehte sich wieder zu mir, „hier hätte es ihm gefallen."

„Hier?!" Ich mußte lachen. „Ich glaube nicht", sagte ich, „daß es ihm hier gefallen hätte. Es stinkt gewaltig hier. Sie leben in einem richtigen Saustall."

Es war mir plötzlich alles egal. Ich hatte mit ihm gespielt, und ich wollte es zu Ende bringen, jetzt, da mir aus irgendeinem Grund die Stehlampe in unserem Wohnzimmer einfiel, der Staub, das fahle Licht. Und da war der Gedanke daran, wie Karin ... wie ich am nächsten Tag wieder geschwollene Mandeln anleuchten würde, wie ich ein Rezept ausstellen und den Stempel draufhauen würde. Wie ich sagen würde: *Halten Sie Bettruhe*, und wie ich das Wort *Bettruhe* betonen würde.

Graf schnappte sich die Flasche Schnaps vom Keyboard, als ich auf ihn zuging, und zunächst dachte ich, er wolle sich verteidigen, wolle kämpfen, aber dann starrte er nur auf das Etikett und sagte: „Glenn war immer verdammt alleine."

Und da begriff ich, daß er überhaupt nichts verstanden hatte.

Weder sagte er: *Ach, jetzt weiß ich, weshalb Sie gekommen sind,* noch sagte er: *Was sind Sie doch für ein armes Schwein.*

Er sagte nur: „Glenn war immer verdammt alleine."

Er stellte die Flasche ab, lehnte sich ans Fensterbrett und redete über den Norden. Und plötzlich begriff ich, daß dieser Norden, daß der Norden des Glenn Gould ... daß Graf ... daß er über seine eigene Einsamkeit redete. Vielleicht war es so etwas wie Mitgefühl, als ich ihm in die Augen schaute, zum ersten Mal wirklich in die Augen schaute. Und als er sich längst abgewandt hatte, schaute ich noch immer in diese Augen, und es waren meine eigenen Augen, die mir aus der Fensterscheibe entgegenblickten.

Leise ging ich aus dem Zimmer, ganz, ganz leise, so als wollte ich Graf, der jetzt am Keyboard saß, nicht stören. Die Handschuhe bewegten sich über die Tastatur, und ich konnte das Gefiepse der Orgel noch hören, als ich schon längst durch das aufgebrochene Fenster im Erdgeschoß ins Freie geklettert war. Graf spielte und spielte.

Im Wagen wollte es nicht warm werden, aber das machte mir nichts aus. Als die Nacht dem Morgen wich, hatte ich den Paß schon lange hinter mir gelassen. Schnee lag auf den Äckern, und der Himmel sah aus wie die Einöde über dem Eis der Antarktis: weiß, monochrom und fast strukturlos, nur da und dort ein paar dunklere Stellen, die genausogut eine Sinnestäuschung sein konnten; das Auge trägt Farbe auf, wo es sich in der konturlosen Eintönigkeit verliert. Einmal brach die Sonne durch, zaghaft wie ein abgezehrtes Gespenst, mit einem Gesicht dünn wie eine Zitronenscheibe. Ich fuhr nach Norden.

Michaela Grüner

Martini weiß

1

Er trägt seinen Vliespullover in dieser kuriosen mittel-
blauen Farbe, denselben, den er auch im Winter trägt,
nur diesmal mit dem Reißverschluss offen bis zum
Anschlag und den Ärmeln zurückgeschoben. Ich versuche mich zu erinnern, wie es sich angefühlt hat, mein
Gesicht an diesem Pullover mit seiner leicht gekräuselten Struktur wie ein junges blaues Schaf.

Unsere Blicke treffen sich für einen Moment. Er
verhält sich, als hätte er bemerkt, dass ich ihn angesehen habe, dann durch ihn hindurch auf das halbleere
Bierglas, das hinter ihm steht. Jedenfalls nimmt er einen
großen Schluck und ich kann seinen hüpfenden Adams-
apfel trotz der Distanz gestochen scharf erkennen.

Ob das etwas zu bedeuten hat.

Sein Bart ist jetzt anders, weniger gepflegt, länger,
voller. Ich versuche mir vorzustellen, wie sich mein
Gesicht an seinem gefühlt hat, es geht nicht mehr.

Nach dem Geschlechtsverkehr hat ihn immer der
Harndrang gepackt. Er hat seinen Körper von meinem
gewuchtet, sein schlaffes Glied samt Kondom aus mir
gezogen und ist auf die Toilette gegangen. Durch die
nur angelehnte Tür hörte ich den scharfen Harnstrahl,
wie er vor Erleichterung oder was seufzte, die Spülung
betätigte und sich niemals die Hände wusch nachher.

Ich habe mir in der Zwischenzeit die Decke über den
Kopf gezogen, habe immer das Gefühl gehabt, meine
Nacktheit verbergen zu müssen. Ich habe mich an die
Bettdecke geklammert wie an einen warmen, weichen

Menschenaffen, und wenn es auch sonst zu nichts nutze schien, so trocknete doch das klein bisschen Blut, das er mir jedes Mal entlockte, auf ihr ein.

Wenn ich ihn so sah, wie er mit hängenden Schultern und leichtem Wirbelsäulenschaden zurück ins Bett kam, hätte ich immer gerne sein dreitagebärtiges Gesicht und seine lange Zunge zwischen meinen Beinen gespürt. Er aber schien sich vor mir zu ekeln, versuchte mich so schnell wie möglich wieder loszuwerden.

Während er sich anzog – die Unterhose ließ er immer zurück –, trieb er mich zur Eile an. Seine Eltern, die Arbeit, zu wenig Schlaf, gesellschaftliche Verpflichtungen, der gute Ruf, na du weißt schon.

Nein, wusste ich nicht.

Seine Ungeduld war auf hundert und nur der Respekt vor meiner Sexualität beziehungsweise seine sexuelle Abhängigkeit von mir ließen ihn nicht die Nerven verlieren.

Unendlich langsam stieg ich in meine Klamotten – und ich hatte viel an zu dieser Zeit – und nahm nicht seine ungeduldig nach mir ausgestreckte Hand. Im stockdunklen Stiegenhaus stieß ich jedes Mal an der gleichen Stelle mit dem Knie ans Stiegengeländer und nur sein wütendes „Scht!" ließ mich nicht laut aufschreien. Draußen erschrak ich jedes Mal vor dem automatisch angehenden Licht und vor dem Autoschloss, das er via Fernbedienung aufschnappen ließ.

Im Auto war immer noch ein Rest Wärme von der Herfahrt und doch fror mich, wie es einen jungen, nackten Hund friert. Ich stellte mir sein vor Kälte schrumpfendes Glied vor und legte mitleidig meine Hand darauf. Mürrisch schob er sie zur Seite und machte das Radio an.

Ich streichelte seinen Nacken, was ich mir davon versprach, weiß ich nicht mehr. Er versuchte meine Hand abzuschütteln, was ich nicht zulassen konnte, doch immer, wenn ich mir die Illusion der Romantik gut genug eingebläut hatte, riss mich der Ö3-Verkehrsfunk aus den Träumen. Wahrscheinlich hatte er ein Abkommen mit dem Sender.

Er fügte mir Schmerzen zu, körperlich wie seelisch. Den Grund dafür erklärte er mir stets ausführlich, und wie intensiv ich auch nachdenke, ich weiß ihn nicht mehr.

2

Es ist nicht mehr wie damals, als wir uns endlich gegenübersitzen in diesem durch und durch in blau gehaltenen Café, das sofort die Erinnerungen an seine gekräuselten blauen Schafpullover in mir weckt.

„Was willst du", sagt er mürrisch und ungeduldig.
„Wir müssen uns aussprechen", sage ich ruhig. Als er nichts sagt, sage ich noch einmal: „Wir müssen reden."

Der Kellner nimmt unsere Bestellung auf. Er nimmt aus Gewohnheit oder Nostalgie oder Unkonzentriertheit zwei Martini weiß – aber eiskalt – und starrt fragend auf den Aschenbecher zwischen uns. Er spricht kein Wort, ich auch nicht, eigentlich haben wir uns nichts mehr zu sagen, denke ich.

Seine linke Hand hält sich an der Blumenvase fest, seine Fingerkuppen werden weiß und ich habe Angst, dass das Glas in seiner Hand zerbricht. Der Kellner bringt zwei Gläser und stellt sie geräuschvoll vor uns ab.

Eine ungeheure Wut kriecht in ihm hoch. Ich sehe seine Ohren, die sich röten, seine Wangen. Wie ein Erdbeermarmeladeüberzug bahnt sich die Röte ihren Weg nach oben.

„Ich habe eine andere Frau, verdammt", brüllt er quer durch das blaue Lokal. „Ich habe kein Interesse an dir, verdammt!" Die wenigen Gäste drehen sich geschlossen nach uns um, schütteln die Köpfe und reden weiter.

„Wie schön für dich", sage ich.

„Noch zwei Martini weiß", schreit er quer durch die Bar.

Wir hängen jeder seinen eigenen Gedanken nach. Ich denke an meine neue Waschmaschine. Es dauert eine Weile, bis eine dickliche, damenbärtige Kellnerin unsere Getränke bringt.

„Ist sie es?", sage ich wohl eine Spur zu laut und das Lokal dreht sich wieder gesammelt nach uns um. Die Kellnerin fasst meinen Arm und sagt: „Ich bringe Ihnen gleich die Rechnung."

„Ist sie es?", sage ich noch einmal. Im Lokal ist jegliche Konversation verstummt. Irgendjemand hat sogar die Musik ausgemacht, wie ich mich jetzt erinnere. Ich trinke meinen Martini weiß in einem Zug aus und stehe auf. „Vielen Dank auch", sage ich, „mit Publikum arbeitet man einfach besser."

3

Es ist genau wie damals, als wir uns wiedersehen im heruntergekommenen Treppenaufgang zur Toilette dieser heruntergekommenen Diskothek. Ich laufe ihm direkt in die Arme, er hält mich fest und küsst mich lange. Seine Wangen sind gerötet, seine Augen auch, sein Atem riecht nach Red Bull.

Mitten im Gesicht sein Mund, sein unglaublich roter Mund. Wie ein Frauenmund mit einem Bart drumherum. „Hallo", sagt er. „Hallo", sage ich. „Wo kommst du her", sagt er und lässt mich nicht los. Auf der Wand hinter seinem Rücken hat irgendjemand versucht, das wilde Gekritzel mit Dispersionsfarbe zu übertünchen.

Schlechter Versuch. „Vom Konzert", sage ich. „Und?",
sagt er, „immer noch treu?" „Ja, danke", sage ich, „wir
haben gut gespielt."

„Ich will dich", sagt er und eine Red-Bull-Wolke
nimmt mir den Atem. „Wozu", sage ich. „Na, sicher nicht
zum Kochen", sagt er. Er sagt nicht mehr zum Bumsen.
Das ist neu. „Wann wird der Tag kommen, an dem du ver-
stehst …", sage ich und mache mich los. „Niemals", sagt
er so ernst, als wolle er mir drohen. „Niemals."

Ich gehe an ihm vorbei in die Toilette. Er hält mich
nicht zurück. Alles ist menschenleer. Ich schließe mich in
die erste Kabine ein und zünde mir eine Zigarette an.
„Männer sind Schweine", steht in ungeschickten grünen
Buchstaben neben dem Klorollenhalter. Ich paffe kleine
Kreise in die Luft und warte, dass die Zeit vergeht.
„Männer sind Schweine", steht auf der anderen Seite.

Dann muss es wohl stimmen.

Noch immer ist alles ruhig. Von oben sind nur die
Bässe zu hören. Ich beschließe, dass genug Zeit vergan-
gen ist, werfe die Zigarette ins Klo, wasche mir die
Hände, mustere mit hochgezogenen Augenbrauen mein
Gesicht im Spiegel und öffne schwungvoll die Tür.

Draußen renne ich gegen eine Männerbrust. „Und",
sagt er, „gehen wir." Ich fasse es einfach nicht. Fast habe
ich Ehrfurcht vor so viel Unverfrorenheit. Meine Blase
meldet sich. „Ich muss aufs Klo", sage ich und gehe
rückwärts wieder hinein.

Alles der Reihe nach. Zuerst aufs Klo und dann sehen
wir weiter. „Du hast recht", schreibe ich mit schwarzem
Faserstift neben den grünen „Männer sind Schweine"-
Spruch. Die Fenster sind verdammt weit oben, verdammt schmal und lassen sich verdammt noch mal nur
einen Spalt breit öffnen. Ich sitze in der Falle.

Das gibt's doch nicht, dass niemand vorbeikommt.
Ich suche in der Tasche nach meinem Handy. Kein Netz,

vielen Dank auch. Ich habe ganz furchtbar Lust, einfach zu schreien. Kindisch. Was wird schon passieren in einem übervollen Lokal, in das wir wohl oder übel zurück müssen? Ich reiße die Tür auf, die zweite und schon bin ich draußen. Da ist keiner mehr. Fast bin ich ein bisschen enttäuscht.

Langsam steige ich die Treppe hinauf. Von hinten legt sich eine Hand auf meine Hüfte. Ich bin eine Sekunde wie gelähmt. „Na, da sind wir ja wieder", sagt er. „Fast hätte ich dich versäumt." Er nimmt meinen Arm und zieht mich ungeduldig hinter sich her ins Lokal. „Moment", sage ich und reiße ihn zurück. „Was soll das?" Die Musik ist so laut, dass er nicht versteht, was ich sage. „Gehen wir", sagt er. Das lese ich von seinen Lippen. „Nein", sage ich deutlich und laut und noch einmal: „Nein."

Keiner kümmert sich um uns. Ganz weit hinten stehen Edy und Frank am Tresen. Mit zwei auf- gedonnerten Puppen. Die Szene hat etwas von Zuhältern und Prostituierten. Irgendwie sind wir draußen vor der Tür angekommen. „Zu mir oder zu dir?", sagt er. „Oh Mann", sage ich, „ich fass' es nicht."

4

Damals war alles anders. Es war nicht nur das Körperliche, das uns verband. Es war doch das Körperliche, das uns verband, was sonst. Der erste Besuch bei seinen Eltern. Ich bin zum Abendessen eingeladen. Er hat mich zum Abend- essen eingeladen. Und sonst hat es keiner gewusst.

Auf mein Klingeln wird so schnell geöffnet, als hätte er hinter der Tür gestanden. „Sie sind anders", hat er gesagt, „du musst verstehen."

Am Esstisch Mama, Papa, Schwester, ich deplatziert mit meinem Narzissenstrauß in der Küchentür. „Na komm",

sagt er und drückt mich auf einen leeren Stuhl. „Die
Blumen", sage ich. Er legt sie in die Spüle. Für mich ist
kein Gedeck aufgelegt. Ich nehme es nicht persönlich.

Keiner beachtet mich. Die Schwester erzählt von einem
mir unbekannten jungen Mann. Ihre Augen leuchten. Der
Vater sagt: „Einer wie alle." Die Schwester verstummt
augenblicklich. Im Hintergrund läuft der Fernseher.

Er bringt mir einen Teller und einen Löffel, schöpft
dampfend heiße Fleischsuppe aus einer großen Schüssel,
die aussieht wie die Waschschüssel meiner Oma. Meine
Mutter hat sie ans Museum verkauft, glaube ich.

Er setzt sich neben mich. Schweigend löffeln wir
Fleischsuppe mit Nudeln und Rindfleisch in uns hinein.
Das Schmatzen ist unerträglich. Der Vater bewegt sein
Gebiss. Begräbnissuppe, sagt mein Vater zu diesem Essen.

„Na, schmeckt's", sagt er. „Sehr gut", sage ich leise,
„vielen Dank." Er legt mir seine Hand aufs Knie, ich
zucke zusammen. Der Suppenteller erscheint mir immer
gleich voll. Eine Art Brechreiz verbreitet sich in meinem
Körper. Ich schlucke ihn hinunter.

Im Fernsehen erzählt Jörg Haider vom Scheitern der
schwarz-blauen Koalition. „Das war abzusehen", sage
ich, „finden Sie nicht auch." „Wir interessieren uns
nicht für Politik", sagt der Vater. Am Suppentellerrand
bilden sich Fettablagerungen. Mir fährt es eiskalt über
den Rücken, so sehr ekelt mich. Die Schwester räumt
die Teller ab. „Ich kann abwaschen", sage ich. „Nein",
sagt der Vater.

5

Und wieder sitzen wir uns gegenüber in diesem durch
und durch in blau gehaltenen Café, und wieder erinnere
ich mich an seinen gekräuselten blauen Schafpullover.

Wir bemühen uns mit dem Reden, nur irgendwie wird nichts draus. Die Kellnerin sieht mich strafend an, bevor ich noch den Mund aufmache. Es ist dieselbe wie damals. Nur der Damenbart fehlt und eine Diät hat sie gemacht.

Fast hätte ich sie nicht mehr erkannt.

Abwartend steht sie an unserem Tisch. Mich stört, dass sie mit ihren Schenkeln die Tischplatte berührt. „Zwei Martini weiß", sage ich kaum hörbar. „Bitte?" sagt sie. „Zwei Martini weiß", sage ich sehr viel lauter. „Sie bekommen bei uns Hausverbot", sagt sie. Ich komme nicht mit, ob ab sofort oder ab wann, und sie geht einfach weg. „Geht einfach weg", sage ich.

„Schreibst du noch", sagt er. „Ja", sage ich. „Und was", sagt er. „Rechnungen, Mahnungen", sage ich. Von draußen kommt Abba-Musik herein wie eine Windböe. „Verscheißer mich nicht", sagt er. Er sagt tatsächlich verscheißern. Beschissenes bundesdeutsches Wort. „Nein", sage ich, „ich verscheißer dich nicht. Es gibt nichts mehr zu sagen und damit auch nichts mehr zu schreiben." „Du bist eine schlechte Verliererin", sagt er. „Das interessiert keinen", sage ich, „ob gute oder schlechte Verliererin. Verliererin ist das Schlüsselwort."

Die Kellnerin bringt unsere Getränke. Der Damenbart ist nur blondiert. Sieht blöd aus im Gegenlicht. Wie ein Fellstück. „Ich muss jetzt gehen", sagt er. „Wohin", sage ich. „Ich weiß nicht, was geht's dich an", sagt er. „Nichts", sage ich, „du hast recht."

„Martini weiß", sagt er versöhnlich, stößt sein Glas an meines und nimmt einen großen Schluck. Ich warte darauf, dass er rülpst. Das macht er nicht mehr. Seine Fingernägel sind kurz geschnitten und dreckig. Auf seiner linken Hand ist eine Narbe, die ich noch nicht kenne. „Was", sage ich zerstreut. „Ich muss jetzt wirklich gehen." „Wohin", sage ich und merke, dass ich

mich wiederhole, grade in dem Moment, wo ich frage.
„Zu Susann", sagt er ungeduldig. „Susann", sage ich.
„Ja", sagt er einfach, „wir bekommen ein Kind."
    „Gratuliere", sage ich automatisch. Heuer ist das Jahr
der Bibel. Mir fällt die Geschichte mit Maria und Elisabeth
ein. „Und das Kind hüpfte vor Freude in ihrem Leib."
„Alkohol in der Schwangerschaft ist nicht das beste", sage
ich. „Wie", sagt er. „Entschuldige", sage ich, „du bist ja
nicht schwanger." „Ich muss gehen", sagt er irritiert.

6

Ein einziges Mal habe ich bei ihm übernachtet, nur
einmal. „Meine Eltern schlafen", hat er gesagt, „was soll
schon passieren."
    Barfuß und ohne zu atmen überwinde ich zwei
Stockwerke. Das Zimmer ist vollgestopft mit Arbeitsun-
terlagen und Erinnerungsstücken, das Bett ist unter Klei-
dungsstücken versteckt. „Entschuldigung", sagt er und
wirft den ganzen Haufen auf den Schreibtisch. „Sie war
befangen", stand in einem meiner Mädchenbücher. Jetzt
weiß ich endlich, wie sich das anfühlt – befangen.
    „Willst du dich nicht ausziehen", sagt er und ver-
sucht sich an meinem Oberteil. „Ich geh lieber wieder",
sage ich und schiebe ihn weg. Irgendwo wird eine Tür
zugeschlagen. Mein Herz bleibt stehen für einen
Moment und kommt dann schleppend wieder in Gang.
„Scheiße", sagt er. Ich stelle mich in den Schrank.
„Idiotin", sagt er, „das war doch nur der Wind."
„Warum sagst du Scheiße?" „Es hätte ja sein können,
dass jemand aufwacht", sagt er. „Und", sage ich. „Und
nichts", sagt er ungeduldig. „Meine Eltern sind schwer-
hörig und schlucken Schlaftabletten." „Genau", sage
ich, „und die Schwester auch."

„Ich gehe jetzt", sage ich, „ehrlich." „Nein, bitte",
sagt er und kommt mir zu nahe. Seine Hände sind
überall zugleich, ich verliere den Verstand und den
Widerstand, lasse mich fallen in diese unglaublichen
Hände. Sein Körper ist mein Körper, mein Körper ist
sein Körper. Das Bett ächzt und knackt.

Ich habe furchtbare Angst, dass der Vater kommt.

Wir steuern auf einen Höhepunkt zu vergleichbar
einem Auto, das ungebremst auf einen Abgrund zurast.
Das Steuer herumreißen im letzten Moment. Das müsste
man können mit einer kurzen, kraftvollen Bewegung,
wie wenn man ein heißes Brathuhn teilt.

Ich stoße einen Schrei aus. Es wird nur ein Teilschrei,
den Rest erstickt er mit dem Kissen. Ich bewundere seine
Reaktionsfähigkeit. Seine Ejakulation landet auf meinem
Bauch. – „Scheiße", sagt er, „Scheiße." „Das verhindert
womöglich eine Schwangerschaft", sage ich. „Hm", sagt
er. „Kleiner Scherz", sage ich. „Nicht witzig", sagt er.

Wir liegen nebeneinander im Bett wie Schauspieler
in einem alten Film. Halb sitzend auf die Kissen ge-
stützt. Fehlt nur noch das Spitzennachthemd und die
Schlafhaube. Ich habe Probleme mit meiner Nacktheit.
„Ich gehe", sage ich, „mir ist das hier zu ungemütlich."

Er versucht nicht wirklich, mich aufzuhalten.
„Bleib", sagt er. „Nein", sage ich und bin schon aus
dem Bett. Ich krieche im Slip auf dem Boden herum auf
der Suche nach meinem BH, als sich plötzlich die Tür
öffnet. „Ich wusste es", sagt seine Schwester. „Raus hier,
du Sau! Der Vater wird es nicht überleben."

94

7

Ein einziges Mal sehe ich Susann. Hochschwanger auf
der Beerdigung. Der Vater lebt nicht mehr. Ein Glück,

dass nicht ich es war, die ihn umgebracht hat. Susann geht nicht mit den Verwandten. Die Schwester ist ganz aufgelöst.

Ich habe ein kurioses Gefühl in der Magengegend. Zum Glück habe ich die große Sonnenbrille als Versteck. Es ist wieder wie damals. Es ist, als wäre ich nie weggewesen. Von allen Seiten nicken mir die Leute zu. Mein Gehirn arbeitet auf Hochtouren, stellt Namen und Gesichter zu einem Bild zusammen, weiß mit einzelnen Leuten nichts anzufangen. Ich bin wohl doch schon viel zu lange fort.

Es dauert lange, bis ich ihn aus der Menge gepickt habe. Es tut mir leid, dass ich ihn nicht durch ein Fernrohr beobachten kann. Jede kleinste Gefühlsregung. Von weitem sieht er unbeteiligt aus. Und sehr verändert. Nach einer kleinen Weile weiß ich, es ist der Bart, der fehlt.

Der Pfarrer spricht über die Wirtschaftslage in der Fünfzigern, über Disziplin und Ehrgeiz, über Sorgen und Nöte. Eine dickliche, damenbärtige junge Frau neben mir wird ohnmächtig. Einen Moment lang denke ich, es ist die Kellnerin aus dem blauen Café. Der Chor singt „Von guten Mächten wunderbar geborgen".

Draußen auf dem Friedhof sehe ich erst, wie groß die Trauergemeinde ist. Es dauert eine ganze Weile, bis ich mit dem Weihwassersprengen an der Reihe bin. Ich drücke die schwitzigen Hände der Mutter und der Schwester, die sich nicht mehr an mich erinnern. Dann umarme ich ihn und sage: „Mein Beileid."

Er schaut mich erstaunt an, sagt: „Wart auf mich", und die Trauergäste schieben mich weiter. Ich frage mich, ob und wo ich warten soll und lasse mich mit den anderen Leuten Richtung Ausgang treiben. Das Grab meiner Großeltern müsste hier irgendwo sein. Es kommt mir vor wie gestern, dass ich hier an diesem

Grab gestanden habe. Jedes Jahr an Allerheiligen. Zwanzig Jahre meines Lebens.

Ich halte Ausschau nach Susann, kann sie aber nirgendwo mehr entdecken. Der Friedhof leert sich jetzt schnell, zurück bleiben nur die Totengräber, die ungeduldig darauf warten, dass ich auch gehe. Auf dem Vorplatz stehen kleine Gruppen beieinander, rauchend und redend. „Die Verwandten und Freunde sind zum Dorfwirt eingeladen", hat der Pfarrer gesagt. Ich weiß nicht, warum ich die Treppe hochgehe.

Drinnen ist es warm, meine Sonnenbrille beschlägt. Kein Tisch ist mehr frei, ich setze mich einfach irgendwo dazu. Ein guter Geist füllt meinen Teller mit dampfend heißer Fleischsuppe. Nudeln und Rindfleisch. Ich esse hungrig und schnell, keiner am Tisch beachtet mich. Dann stehe ich auf, nehme meine Tasche und gehe an die Bar, die ganz verlassen ist. Keiner erkennt mich, keiner spricht mich an.

Ich sitze eine Weile, keiner kommt um mich nach meinen Wünschen zu fragen. Wie ich schon gehen will, setzt sich jemand neben mich und der Kellner kommt. „Zwei Martini weiß", sagt eine Stimme neben mir, „ich wusste, dass du wartest." Der Kellner bringt die Getränke, wir trinken beide in einem Zug aus ohne uns anzusehen und ohne anzustoßen. „Und Susann", sage ich. „Schreiben Sie's auf die Rechnung", sagt er zum Kellner.

Markus Außerhofer

liebesbriefe

in diesem haus ist alles milchig, selbst die fenster sind
milchig, nebel, der sich über das glas der entfernung
gelegt hat, die stromschnellen nicht sichtbar, die straßen
nicht sichtbar, die wege dunkel, und ich reiße das
fenster auf, sehe auf das hauptpostgebäude, die anten-
nen, die sich gegen den sternenhimmel richten, und
tauben im kupferlicht des abendhimmels abtauchen.

in den gefühlen, in den gedanken, zwischen bauch &
kopf & herz stecken noch liebesbriefe, die nie abgesandt
wurden, die vielleicht im wind davonflattern, hätte all-
zugern gewusst, was drinnen steht in den liebesbriefen,
die zwischen herz- & buchdeckel eingeklemmt sind.
nicht so einfach zu lesen, zu sehen, lena, der bruch ist
nicht so einfach sichtbar, erst bei längerem hinsehen
sieht man ihn, und ich öffne ein *budweiser*, weil ich doch
an dich denke.

die stille in diesem haus ist die der mönche, die
durch die gänge rasten, wahrscheinlich rosten in ihren
schwarzen kutten, denen ich heimlich ausweichen
muss, zu nah am tod ist hier alles, alles wie ein zell-
fenster oder sargfenster, und mein blick windet sich
schon durch die gassen und hinauf zu den vorgezoge-
nen vorhängen, rot und blau und grün, sie schimmern
mir entgegen durch die dunkelheit und ich erinnere
mich, dass sich dort das marineblaue kleid auf der stehlampe verbrannte, bei zugezogenen vorhängen, die sic^h
in der kühlen herbstluft noch ein letztes mal au*r*
und sich der atem in der abendluft der stadt v

der abend ist zu verlockend, sage ich dann, ol
an dich denke, amerika ist verlockend, die fenste⊓

verlockend, aber ich sterbe ja mit den mönchen, hinge-
kniet mit den mönchen, mit der unerfüllten sehnsucht
im kopf, gott so fern wie amerika, und in den straßen
werde ich dich vergessen, lena, wie ich gott in den
straßen vergesse, ich habe gott ja auf wanderung geschickt, ich selbst auf wanderung mit den liebesbriefen
im kopf, die ich vielleicht in den schaufenstern abgeben
werde. man sieht fast alles in den schaufenstern, fast alles
ist in den schaufenstern, die welt mit ihren geöffneten
poren oder auch blutenden poren, die welt mit ihren
geköpften augen, ich brauche nur mit meinen fingern
darüber zu streifen und es brennt in meinem kopf, wahrscheinlich lichterloh, wie ein steppenfeuer, sage ich,
wahrscheinlich wegen der sehnsucht, die man ja nie ganz
begreifen kann, dann und wann glaubt zu begreifen, aber
nie ganz begreifen wird.

schon, sage ich, ich werde die liebesbriefe doch ab-
schicken, in den schaufenstern ist doch nicht das wahre,
der stern hat schon seinen kopf nach unten geneigt, ich
blättere meine stirn auf, falte mein kopftuch auf, vielleicht nisten noch sterne unter dem kopftuch, die liebesbriefe wahrscheinlich, die ich nie geschrieben habe,
nie abgeschickt habe, die ungeschriebenen liebesbriefe,
… … …, mit was den satz eines liebesbriefes beginnen,
mit was, mit etwas ganz einfachem/unkompliziertem,
nur nicht mit ich liebe dich, das wäre schon verdächtig,
das würde das ganze von vornherein verfälschen.

ich habe deine hand berührt, erinnere ich mich, wie
ich die rinde des kirschbaums berührt habe, wie ich die
blutroten kirschen vom ast pflückte und der süße
kirschsaft an meinen fingern klebte, wie blutstropfen,
sage ich, als berührte ich deine blutstropfen mit meinen
fingern, lena, … … … und ich stehe auf dem gewun-
denen ast des kirschbaums und falle und falle und
niemand fängt mich auf.

nun wirbelt der wind meine blätter wieder auf,
wahrscheinlich im kopf, die liebesbriefe im kopf, die
blätter werden durch die straßen getrieben, die maria-
theresien-straße hinunter und in eine gosse hinein,
wahrscheinlich, die liebesbriefe mit hinterher, wer
weiß, wo ich landen werde, es ist ja alles unvorherseh-
bar, es ist ja alles nicht überschaubar, zu viele liebesbriefe im kopf, zu viel ungestillte sehnsucht.

die blätter werden im wind treiben, die liebesbriefe
auch, morgen, übermorgen, wer weiß wie lange, wer
weiß, wo sie einmal landen werden, vom wind zer-
franst, von der erde verzehrt, von der modernis zersetzt,
gott so fern wie amerika, amerika so fern wie lena,
… … … nur der kirschbaum wird im frühling neue
blüten ausschlagen und das blutrote fleisch der kirschen
an meinen fingern kleben.

Anne Marie Pircher

Aus der Reihe

Die Geschichte beginnt im Kreis. Wir haben uns auf
selbst mitgebrachten Kissen auf den Boden gesetzt und
warten im Schneidersitz. Wir sind neun Durchschnitts-
frauen auf der Suche nach geistiger und körperlicher
Gesundheit. Ein Jüngling ist auch dabei. Er hat weiches,
semmelblondes, schulterlanges Haar und einen melan-
cholisch trüben Blick wie Jesus. Er ist der jüngste und
schönste Mensch unter uns. Seine Augen blicken in die
Ferne und verraten uns nichts von ihm. Man muss ihn
nehmen, wie er ist. Mitten im Kreis sitzt unser Führer.
Er ist ein gut gebauter, stämmiger Endvierziger mit
stahlblauen Augen und charismatischer Stimme. Er wird
uns in unsere Anatomie einführen. Dafür braucht er erst
einmal unsere Namen und was uns sonst noch aus-
macht. Zu seiner Person gehören eine Frau und drei
Kinder, deren Glück von ihm abhängt. Dann erzählt jede
von uns Frauen ihr kleines Glück oder Unglück, je
nachdem, und am Ende sagt der Jüngling seinen
Namen, den wir nicht mehr vergessen.

Die Anatomie beginnt im Tanz. Wir bewegen uns zu
Enya und spielen das Spiel der Embryonen im Mutterleib. Die Stimme des Führers ist dabei wichtig. Ohne sie
wäre es nicht möglich, uns so hilflos zu fühlen. Wir ver-
trauen der Stimme und schließen die Augen. Selbst der
Jüngling tut dies, ohne jedoch seine Erhabenheit voll-
ends aufzugeben. Wir bewegen uns schlecht oder
gekonnt zur Musik und ab und zu bleiben uns die Arme
oder Beine im falschen Takt irgendwo hängen. Durch
einen schnellen Augenaufschlag aber versichern wir
uns, dass alles in Ordnung ist. Wir fallen nicht weit.

Es ist nur ein Spiel und der Führer fängt uns auf. Er heißt A., wir aber sollen ihn B. nennen. Das gibt uns Kraft. B. ist einer von uns. Er hat sich herabgelassen und liebt das Volkstümliche. Seine Frau, flüstert mir eine ins Ohr, sei eine gute Handleserin. Schön sei sie obendrein.

Als Embryonen schweben wir durch den Raum. Jede von uns erinnert sich und wiegt sich im Dunkeln des Mutterleibes. Der Führer schenkt uns Geborgenheit, sodass wir uns klein fühlen dürfen. Das Wiegen gelingt mir, nicht aber die Kleinheit. Ich öffne meine Augen entgegen allen Anweisungen und falle direkt in den Blick des Führers, der mich auffängt. Sein Augenzwinkern beteuert mir, dass ich aus der Reihe tanzen darf. Ich bin irritiert und werde rot. Ich will nicht aus der Reihe tanzen, schließe schnell wieder meine Augen und will mich geborgen fühlen im Kreis. Geschickt presse ich mich in den Mutterleib. Der aber bleibt für mich zu eng. Enya singt uns in einen behüteten Mond und von dort in das Blau der Karibik und zu den Engeln der Nacht. Ich suche die Nähe des Jünglings, der C. heißt. Vor ihm habe ich keine Angst. Er liebt die Seelenwanderung. Dann führt uns B. gekonnt zurück auf den Boden der Tatsachen und schenkt uns ein aufmunterndes Lächeln, nachdem wir unsere Augen wieder geöffnet haben. Die, die sich vorher klein gefühlt haben, sind jetzt benommen und wischen sich ihre Verlegenheit aus den Augenwinkeln. Die, die alles ganz ernst genommen haben, sind stolz auf sich und auf den Führer, der solches zu bewirken vermag. Nur C., der mit dem Semmelhaar, trägt seinen Blick sanft und erhaben, so als hätte er das alles nicht mehr nötig, sondern sei nur hier, um uns an ihm teilhaben zu lassen. Ich stehe in der Reihe und tanze nicht mehr.

In der Pause sitzen wir gebündelt zu dritt oder viert. Manche auch nur zu zweit. C. ist ein Magnetpunkt.

Er zieht mich nicht an. Sein Haar verliert sich im Sonnenlicht, das durch die Vormittagsfenster scheint. Die
rote Frau, eigentlich eine von uns, schart eine größere
Gruppe um sich. Sie entwirft Zukunftsplastiken in den
ihr entgegenstreckten Händen. Sogar B. ist gierig
danach. Jetzt lallt er wie ein Kind, das wissen will, was
sein Geschenk ist. Er hat zerrissene Hände, die ich nicht
berühren könnte. Aber die rote Frau hat keine Kontakt-
schwierigkeiten. Sie lacht ihm ins Gesicht und berührt
ihn auch am Arm. Das ermuntert ihn und er wird noch
volkstümlicher. Danach tanzen wir freier und wilder im
Garten als je zuvor. Mit bloßen Fußsohlen im taufri-
schen Gras. B. lehrt uns die Anatomie, indem er sein
Hemd auszieht. Darunter trägt er nichts als sich selbst.
Es gelingt mir, nicht aus der Reihe zu tanzen, dafür
finde ich Halt in der spanischen Musik, die uns den
Himmel aufsperrt. Manche der Frauen werfen nun auch
ihr Hemd weg und nähern sich gekonnt mit vielsagen-
den Bewegungen dem Führer, der sich öffnet und
schließt wie eine Lotosblume. Der Jüngling trägt sein
Hemd mit Beharrlichkeit. Er verschenkt sich nicht.
Dafür bleibt er unberührt und seltsam entrückt. Ich mag
diesen Semmelblonden nicht. Eine Ohrfeige und dieser
C. würde haltlos am Boden liegen. Doch damit könnte
ich niemandes Nähe mehr suchen und wäre dem
Führer ausgeliefert. Der hat jetzt den sehnsüchtigen Lo-
tosblick eingetauscht gegen die Gier der Venusfliegen-
falle. Diese Pflanze braucht neben Weißtorf, Regenwas-
ser und viel, viel Sonne vor allem Fleisch zum
Überleben. Den subtilen Übergang bemerken die tan-

103

zenden Frauen nicht. Sie schwärmen durch das tau-
frische Gras, getragen von Musik und stahlblauen Augen
und haben in ihrer Entzückung kein Gespür für die Gefahren der schnell zuschlagenden Klappen einer fleisch-
fressenden Pflanze. Neun Frauen und zwei Männer in

der Bewegung ihrer Körper, und alle auf der Suche nach Glück. A. meidet meinen Blick und ich den seinen. Aber in den Bewegungen gehen wir deutlich denselben Weg, auch wenn wir in entgegengesetzte Richtungen tanzen.

Später essen wir zu Mittag. Es ist eines der neueren Lokale in der Stadt. Zur halblauten Musik gibt es Videoclips auf der Leinwand. Immer wieder schöne Körper, die uns vom Essen abhalten. A. kommt verspätet und weiß nicht, zu welcher Tischgruppe er sich gesellen soll. Vor unserem Tisch steht er eine Weile, aber ich mache ihm keinen Platz. Schließlich setzt er sich an den Tisch der roten Frau. Bei ihr ist er gut aufgehoben. Sie hat eine etwas mütterliche und füllige Anatomie, die Sicherheit schenkt. Seinen Blick habe ich jetzt im Rücken. Das erschwert mir die Verdauung. Wir essen Vegetarisches, weil es zur Stunde passt. Kochen ist auch eine Kunst, denke ich, vielleicht sogar die allergrößte. Nachher rauchen die Frauen, als hätten sie noch Hunger. Die Themen, die besprochen werden, kreisen zwischen Vielsagendem und Bedeutungslosem. Niemand verweilt im Augenblick. Die Gegenwart zählt nicht. Alle wollen etwas werden oder sind etwas gewesen. Nur C. ist ein Held. Seine Seele ist älter als tausend Jahre. Nachher, sagt er, wird er der einen oder anderen die Hände auflegen. Ich werde nicht dazugehören. Ich will von diesem schönen Jüngling nicht berührt werden. Meine Frage kreist nur um sein Gesicht. Darin will ich etwas lesen, was er nicht preisgibt. Aber da ist nichts, seine Augen bleiben verschlossen und ich interessiere mich nicht für seine Hände. Die sind mir zu sauber. Alle reden wir. Nur A. sitzt hinter meinem Rücken, in den er seine stahlblauen Augen bohrt, und schweigt.

In der Nachmittagssonne liegen wir auf karierten Wolldecken. Die Kraft des Vormittags ist vorbei. Wir müssen uns zu Paaren finden. A. lässt uns für diese

Stunde allein, indem er uns auf die anatomische Reise
zu unserer Partnerin schickt. Nur C. und die rote Frau
sind ein echtes Paar. C. liegt wie ein Halbgott unter ihren
tastenden Händen. Meine Partnerin ist eine blonde Kurz-
haarige. Sie hat keine Scheu mich zu berühren und
findet mich überall und schnell. Ich habe Glück mit ihr,
aber sie nicht mit mir. Ich liege scheu wie ein Huhn und
nehme ihr dadurch die Spontaneität. Sie aber nimmt es
gelassen und dreht mich auf den Bauch. Den Rücken, in
den A. seine stahlblauen Augen gebohrt hat, betastet sie
mit unkomplizierten Fingern. Ich liege mit den Augen
in der Wolldecke und verspanne mich gegen sie. Das
macht die Sache nicht einfach und irgendwann fangen
wir an zu lachen. Das Lachen ist immer ein Ausweg,
man kann es in allen erdenklichen Situationen anwen-
den und es hilft. Dann bin ich an der Reihe. Ihr Gesicht
ist mir das nahe liegendste. Also beginne ich dort und
staune über die Bereitschaft meiner Finger. Ihre Augen,
die Nase, der Mund. Dann die Stirn, zu der ich einen
guten Kontakt finde, und schließlich die Ohren, denen
ich mich anfangs nur zögernd nähere, dann aber um so
intensiver. Sie hat schöne Ohren, feste, eng anliegende,
wohl geformte Muscheln, die in guter Proportion zu
ihrem gesamten Kopf stehen. Es zahlt sich aus, denke
ich, sich auf jemanden voll und ganz einzulassen. Mich
mit den Ohren einer mir zugrunde liegenden Frau zu
beschäftigen, ist etwas ganz außergewöhnliches, höchst
intimes. Wie gelungen doch manche Dinge gemacht
sind. Ich beschäftige mich mit ihren Ohren sehr lange,
viel zu lange, wie mir scheint, aber sie liegt nicht wie
ein Huhn sondern natürlich und ohne verspannte Ungeduld. Ich sage ihr, dass sie schöne, ja sehr schöne Ohren
habe, dass ich sie darum beneide, um die Form, die
kleinen festen Läppchen und den zarten blonden Flaum.
Um diese Muscheln, die in ihr Inneres führen und dabei

alle Nuancen der Klangwelt transportieren. Die Musik, sagt sie, sei die höchste aller Künste. Ich stimme dem bei und begreife, warum mir ihre Ohren das Wichtigste an ihrem Körper sind. Als meine Finger endlich von ihren Ohren wegkommen, ist die Stunde auch schon um und unsere körperliche Zwiesprache beendet. A. ist zurückgekehrt und wirft einen amüsierten Blick auf die Zweierblöcke am Boden. Dann setzen wir uns wieder in den Kreis und sprechen über unsere Reisen zu den Körpern der anderen. Jede hat ihr Lieblingsstück gefunden, sogar C. hat sich auf die roten Haare seiner Partnerin eingelassen. Ich erzähle von den Ohren meiner blonden Kurzhaarigen. Sie lacht mir entgegen und beteuert ihre Unschuld. Ihr Gesicht ist mir jetzt vertraut und ich beschließe, ab jetzt Frauengesichter genauer zu beobachten.

A., den wir B. nennen sollen, ist noch frisch genug, um zum theoretischen Teil der Anatomie überzugehen und uns mit seiner Stimme, die jetzt weit weniger charismatisch klingt, in eine Leere zu werfen, die ansteckend ist. Wir gähnen abwechselnd zu den langatmigen Organbeschreibungen und später, bei der nicht enden wollenden Funktion der Hypophyse, falle ich endgültig ins Aus. Die Pause kommt für alle wie das lang ersehnte Christkind und wir hoffen insgeheim, dass die Theorie damit auch ein Ende haben wird. Die Musik von U2 bringt uns auf andere Gedanken und in andere Stimmung. Ich stehe abseits am Fenster und schaue in eine heruntergekommene Natur. A., den ich

nicht B. nennen will, stellt sich neben mich und berührt in einer ausholenden Bewegung seines rechten Arms beinahe unabsichtlich meine linke Hand und sagt, wie schön und traurig doch zugleich der Spätherbst sei. Ich spüre seine stahlblauen Augen auf meinem Haar und höre im Hintergrund die Stimme von U2: *With or without*

you. Dann sitzen wir wieder im Kreis. Der Führer hat
sich jetzt mit einem Stethoskop bewaffnet und will
Herztöne abhören. Man wartet mit leuchtenden Augen
und ein wenig scheint die Energie des Vormittags
zurückgekehrt. Die rote Frau drängt sich als erste auf
und öffnet bereitwillig ihre Bluse. Dann verlieren auch
die anderen ihre vorgegebene Scheu und alle wollen B.
ihre Herztöne offenbaren. Nur C. bleibt verschlossen
wie eh und sitzt verschränkt mit einem anmutigen
Lächeln auf den Lippen. Ich bleibe neben ihm, bis B.
alle Frauen durchhat und mit seiner Waffe auch auf
mich losgeht. Ich aber trage keine Bluse, die sich öffnen
ließe, also findet A. keinen Zugang zu meinem Herzen.
Ich höre meine Töne auch so, ohne Stethoskop. Schließlich bin ich froh, als C. mir unerwartet beide Hände auf
den Kopf legt. Ich schließe die Augen und vergesse A.,
den ich nicht B. nennen könnte.

Den Tag beenden wir liegend. Diesmal jede für sich.
Auch C. muss sich selbst die Hände auf den Bauch
legen. Die Stimme aus dem Tonband ist ein warmes
Schweizerdeutsch. Elisabeth Kübler-Ross erzählt Geschichten aus der Kindheit. Ihre geliebten Kaninchen,
die zum Metzger gebracht werden, jagen mir das
Wasser in die Augen. A. liegt still am anderen Ende des
Raumes. Sein Tonband hat mich zum Weinen gebracht.
Die rote Frau beobachtet mich. Ich drehe mein Gesicht
auf die andere Seite und wische mit meiner Hand
darüber. Dann richte ich mich auf, weil es im Sitzen
weniger weh tut. Später, als alle aus der Ernsthaftigkeit
des Tonbands in eine letzte zusammengewürfelte Hei-
terkeit überwechseln, sagt mir die rote Frau, dass in
meiner Anatomie die Augen aus der Reihe tanzten. Im
Verhältnis zu meinem restlichen Körper lägen meine
Augen zu tief. Dass es so offensichtlich ist, damit hatte
ich nicht gerechnet. Jemand hat Kekse mitgebracht.

Aber die Stimme aus dem Tonband hat uns doch alle angeschlagen. Nur C. steht so, als wüsste er bereits alles über abgeschlachtete Kaninchen.

Dann liegen sich plötzlich alle in den Armen. Es ist ein ungewisser Abschied. Noch einmal wollen alle den Körperaufbau der anderen spüren. C. hat keine Konkurrenz und muss daher manche Körper zwei- oder dreimal ertragen. B., den jetzt alle wieder A. nennen, breitet seine starken Arme aus und fängt uns auf. Er genießt es und lächelt mir auffordernd zu. Ich habe Angst vor seiner Brust, an der ich festkleben würde, also drücke ich trotz allem seine zerrissene Hand und versinke darin. Er nutzt die Gunst des Augenblicks und zieht mich zu sich hinüber, direkt in sein Volumen. Seine Hand lasse ich dabei nicht los, das schützt mich vor der Heftigkeit seiner Umarmung. Und schnell, ganz einfach und schnell, flüstert er mir die vier Worte ins Ohr, während ich die Musik dazu riechen kann: *with or without you*. Alle Nuancen dieses Musikstückes versammeln sich in mir zu einer großen anatomischen Reise in die Vergangenheit. Wie jemand mein Gesicht berührt. Mein glattes Haar durch seine Hände rieseln lässt. Mein Lachen auffängt. *You're giving all but I want more.* Wie dieser Jemand mich aufhebt, durch Räume trägt, in die Luft wirbelt. Mein Rücken, der sich biegt, meine Beine und Arme, die alles umschlingen, was nach Liebe riecht. *I can't live with or without you.* Wie meine Finger sich öffnen und wieder verschließen. Wie alles ein Spiel ist und doch so ernst. In der Verschwendung meiner Anatomie. *And you give yourself away.* Ich löse mich von A. und umarme den Jüngling, der mir beisteht. Er riecht nach Honig und Erdnüssen. Nach Weißbrot und Zimt. Ein Kuss und dieser C. würde haltlos am Boden liegen.

Die Geschichte endet im Kreis. Alle verabschieden

sich im Schneidersitz und haben Hunger. Der Führer ist ein stämmiger Endvierziger mit charismatischer Stimme. Ich bin schon aufgestanden und stehe am Fenster, die Augen weit draußen in einer heruntergekommenen Natur.

Anna Stecher

Die Sprache der Katzen

Ich hätte niemals mit dir sprechen können, habe selten mit dir gesprochen, konnte einfach nicht, weil es zu wenig gewesen wäre am Telefon oder am Tisch, gegenüber hätten wir uns gesessen und zwei Gläser hätten sich gespiegelt in einem großen Paar grüner Augen und vielleicht auch im Blau, doch das bezweifle ich, denn meist hatte ich sie verhüllt mit einem Schleier, um sie dir erst in der Nacht zeigen zu können, nein, du hättest sie entdecken dürfen und die Farbe sehen, denn für andere sind sie zu schade, du wolltest keine Geschenke, denn er hatte genügend Geld, um sich alles zu kaufen, natürlich. Ich dachte, wir hätten Zeit, und hatte mich schon beinahe daran gewöhnt, doch plötzlich hatte er keine mehr, denn er arbeitete bis spät in die Nacht hinein, und wenn wir uns zufällig trafen um drei Uhr morgens, weil wir flüchteten vor der Maske des Schlafes, wir hatten gelernt, uns gut zu verstecken, dann sprach er über die Zukunft und über die Züge, die uns schneller dahin bringen, und einmal glaubte er, es sei auch ein Platz für mich dabei, vielleicht, aber das war ganz am Anfang und wir hatten die Namen füreinander noch nicht gefunden, deshalb sprachen wir uns einfach mit Du an, Verwechslungsmöglichkeiten gab es glücklicherweise nicht. Die Namen fanden wir nie, doch da sie dann notwendig waren, später, weil wir das Ich betonen wollten, griffen wir einfach auf die alten Bezeichnungen zurück, die sich eingebürgert haben mit der Zeit und die verlangen, dass ein Mann und eine Frau, egal wie klein sie sind, sich groß zeigen und stark und vereinigt und dass sie sich umarmen in aller

Öffentlichkeit und an der Hand halten und zusammen tanzen nicht nur im Traum. Das war nicht möglich, denn wir waren zu gut geworden in unserer Rolle, wir wechselten sie schneller als alle anderen, so schnell, dass sie uns nicht mehr erkennen konnten, oft, und wir uns auch nicht, denn jeder schminkte sich in seinem eigenen Raum, alleine, ich erkannte dich oft nicht wieder, als ich dich traf, denn wir hatten uns schlecht abgesprochen. Wenn wir dann zu zweit durch die Stadt liefen, um vor dem großen Spiegel kurz einzuhalten, dann dachte ich nur daran, schnell mein Make-up auf- zufrischen, denn ich hatte Angst, es könnte verschmie- ren, es regnete oft, dabei sah ich nicht, wie du schon deine Kleider wechseltest und das Grün vor mir zu halten versuchtest, eigentlich schimmerten schon gelbe Flecken durch und du hattest noch immer keinen Hunger, obwohl du mir verraten hattest, dass du viel essen wolltest für mich, und ich konnte schlecht kochen, inzwischen habe ich es gelernt.

Ich bin gerade dabei, mein Zimmer neu zu gestalten, ich brauche einen neuen Lebensraum und habe mir ein Biotop ausgesucht, denn ich möchte gerne zu den vom Aussterben bedrohten Arten gehören, um eines Tages bewundert zu werden und bestaunt als seltenes buntes Exemplar, anders und exotisch und wunderschön und weiß. Manchmal glaube ich, mein Herz könnte zerbre- chen, nicht vor Liebe, einfach zerspringen in tausend kleine Splitter aus feinem Glas, auf die ich mit nackten Zehen trete, vor Schmerz, und ich weiß nicht, woher er kommt und ob ich versuchen soll, ihn abzutöten, doch dann würde ich taub werden und gefühllos, nur einen dünnen Nerv müsste ich durchbeißen, schon hätte ich mich befreit, doch auch die Liebe wäre dann tot für immer. Auf dem Fensterbrett will ich Blumen aussäen, große, bunte, weiche mit Samtblütenblättern und

warmem blauen Duft, um sie zu gießen, muss ich weit
fortfahren, doch sie warten auf mich, und auch du
hättest gewartet, wenn ich eine Blume wäre für dich.
Die Liebe zu Pflanzen hat mir bestimmt meine Mutter
leihweise überlassen, doch mit Wurzeln und Umtopfen
kann ich noch nicht allzu viel anfangen, ich ziehe
Schnittblumen vor. Die Geschäfte sind voll davon und
auch die Friedhöfe, ich möchte mich verkaufen, doch
nicht im Sonderangebot und auch nicht für Geld. Oder
sollte ich mich besser verpacken als Geschenk, herum-
laufen in einem riesigen Karton, ich muss Löcher
schneiden mit der Schere, um atmen zu können wie ein
Kanarienvogel, frisch gekauft, aber ich müsste auch viel
trainieren, bestimmt, denn alle würden mir neugierig
nachlaufen, um meine Haut zu verletzen. Ich glaube,
Masken und Verkleidungen werden deshalb vielfach
falsch behandelt von Menschen, die darüber nicht nach-
denken, wie sie uns berühren sollen, weil sie nicht
akzeptiert werden, so wie sie sind, sie sollten sich an-
passen und ethischmoralischkulturellhistorischen
Grundsätzen folgen und Formen, und dabei erfinden
wir uns neu jeden Tag und tragen dadurch zu Abwechslung bei und Unterhaltung und alle lachen über uns,
wenn wir schmutzige Witze erzählen, und leiden mit
uns, wenn wir weinen, doch wir weinen nicht, wir
fliegen nur, wir fliegen in die nächste Etage des großen
Kaufhauses, wo Krokodile ausgestellt sind in allen
Formen, und welche nicht in den Regalen schlafen oder
eingeweckt sind oder verarbeitet zu Handtaschen oder
gebügelt, ganz klein, auf Pullover und T-Shirts, Hemden,
Hosen, kann man nachbestellen aus dem Katalog und
schon vor dem Kauf in virtuellen Räumen umarmen
und küssen, weil die Zeit drängt, und niemand kann zu
lange auf den schönen Kuss warten, der endlich ausge-
sprochen werden darf, ich wollte ihn dir erzählen, aber

erst am Morgen, wenn wir aufgewacht wären ohne
Leintuch auf der blanken Matratze. Im breitgefächerten
Sortiment stach mir sofort die Plüschform des Reptils
ins Auge, denn es sah weich aus und kuschelig, geblen-
det beachtete ich die gelben Flecken auf dem Bauch
überhaupt nicht, sonst hätte ich wissen müssen, dass es
bereits das Fälligkeitsdatum überschritten hatte, somit
verfaulte es vor meinen Augen wenige Augenblicke
später und ich wollte es nicht wahrhaben, denn du ver-
sprachst, du würdest bestimmt im Dunkeln mich
finden, warum ich denn Angst hätte, du könntest mich
tragen und heute Nacht hast du einfach gesagt, dies
seiest du, und du wolltest schnell verschwinden, denn
spät war es, ich verstand nicht, ich konnte nicht
glauben, dass du dich mit der Maske identifizieren wolltest, weil es für mich eine war, mein Schleier hindert
mich manchmal daran ganz deutlich zu sehen und klar,
ich weiß, doch meist erkenne ich durch ihn hindurch
mehr Farben und kann die ganze Form sehen und
Details werden zu Verzierungen, ich hätte dem kleinen
grünen Krokodil auf deiner linken Brust mehr Beach-
tung schenken müssen. Es lag ganz oben im Regal und
der Verkäufer kam nicht, doch wir wollten alles alleine
erledigen und es schien nicht so kompliziert zu sein,
eine einfache Aufgabe.

Ich weiß auch nicht, warum ich dir diese Maske aufsetzen wollte, wahrscheinlich existiert sie aber erst,
seitdem du mich geküsst hast und Erinnerungen geweckt
und aufgescheucht, dass sie herumirren in der Zukunft,
orientierungslos, sie haben den Bezugspunkt verloren, er
hat sich aufgelöst um fünf Uhr dreißig etwa, im Rück-
gang, nicht aus Angst und Liebe, sondern um zu wenden.

Ich muss mich einfach abfinden damit, dass einge-
treten ist, was geschehen ist, passiert, du lachst, wie
oft hast du es gesagt, immer öfter im Scherz, und dass

ich fliehen muss, um nicht zu leiden, was mir gefällt,
wie du weißt, und trotzdem drängt alles nach Leben,
ein Urinstinkt, vielleicht der älteste. Auch wenn eine
Zigarettenpackung manchmal „tot" zu mir sagt,
breche ich sie auf, denn der Krebs ist mein Zeichen in
meinem Mond und mit dem Seitwärtsgang habe ich
mich abgefunden, er gefällt mir, ich stelle mir vor,
parallel zu leben, zuhause und weit fort ein anderes
Leben, in dem ich auch wohne mit einem Plüsch-
krokodil in Zukunft, das die einzige Erinnerung
bleiben wird; was du geschrieben hast, habe ich
gelöscht, einen Knopf gedrückt: entfernen? Was nicht
sterben will, lebt weiter und sträubt sich, vegetiert,
doch Liebe ist ein Luxus, wer ihn sich erlaubt, lässt
sich nicht ein auf ein Geschäft, sondern auf Enttäuschung, doch bleiben die Frösche im Teich, die man
beobachten kann im Frühling, sie paaren sich wie wir
und schrecken mich ab und quaken verlockend, wenn
du sie küsst, werden sie zu Prinzen, aber nur für ganz
kurze Zeit. Dann entschied ich mich, das grüne Tier zu
lieben und den Prinzen zu vergessen, doch er wollte
leben, ein Königskind, das vorandrängt und stürmt,
und das Netz ist geworfen, um alle Königskinder ein-
zusammeln, denn man kann sie verkaufen für viel
Geld, meines will ich einfrieren, haltbar machen für
die Zeit der Gewitter, denn es ist zu kostbar, zu zart,
im Frühling werde ich versuchen, es zu wecken wie
vor zwei Jahren, wenn sein Körper nicht zu groß geworden ist und gefährlich, gewachsen, denn Stärke
flößt Angst ein vor Gewalt, aber wenn Königskinder
kontrolliert werden, schrumpft die Krone und die
großen grünen Augen verengen sich zu dünnen asiati-
schen Schlitzen, durch die sie nicht mehr klar hin-
durchsehen wollen, der obere Rand der Welt bleibt im
Dunkeln, in dem die Träume bei Tag leben, in der

Nacht bestürmen sie dich dann und drängen und schweißgebadet wachst du auf und erschrickst, doch die Augen sehen den gewohnten Körper, weich und warm und so schwer, dass er die Träume erdrückt. Er liegt neben mir und bewegt sich, um gestreichelt zu werden und berührt, und drängt sich an mich und in mich und füllt mich aus, dass die Luft entweicht aus dem Mund, um ihn zu essen, Hunger, doch er sättigt nicht, nicht für lange Zeit, nicht mich. Ich dachte, die Gewissheit würde genügen – nebensächlich.

„Ich glaube, es würde mir gut tun, jetzt im Regen nach Hause zu gehen" – ich wollte mich waschen und atmen dürfen, denn die Luft war stickig im Wagen, du rochst nach Zigarettenrauch aus einem Lokal.
„Tacheles" – „Was heißt das?" Natürlich hatte ich es verstanden, doch ich wollte reden, brauchte Zeit und doch fielen mir die richtigen Worte nicht ein, wie sollten sie auch, alle waren falsch, es gibt sie nicht. Ja oder nein? Warum willst du das von mir hören, nachdem du dich entschieden hast? Du kennst meine Antwort, wenn ich ehrlich antworten werde, warum also? Du willst deine Strategie ändern. Du änderst deine Strategie. Es kommt zur Verhandlung, zum Prozess. Kein Kläger, kein Angeklagter. Todesstrafe. Sie nützt nichts, denn Liebe wird wiedergeboren werden, vielleicht morgen schon, die Masken habe ich bereits eingepackt, um sie ihm aufsetzen zu können, ich halte sie verborgen unter meinem Bett, eingesperrt, sie sind sehr lebendig, animiert, hoffentlich brauche ich sie nicht, bei dir dachte ich, es wäre so, habe sie aber entdeckt vor einigen Tagen, sie waren bereits so verwachsen mit meiner Hand, dass ich sie nicht vom Hautgewebe unterscheiden konnte.

Generalprobe für den großen Auftritt, warten und zittern, Nervosität und Angst, die Zeit muss schneller vergehen, dachte ich, warum hoffte ich nicht auf Enttäuschung? Sie haben einen neuen Treibstoff erfunden, umweltschonend und haltbar, in einem Eimer ohne Boden, Zündstoff, der über leblose Körper gegossen aufflammt und sie auftaut und erwärmt, obwohl sie schon heiß sind durch die Reibung mit der großen Uhr, dem Zifferblatt, auf dem sie sich drehen wie Zeiger, er heißt Eros und ist der Gegenspieler der Versicherungsgesellschaften, manchmal auch Liebe oder Amor, je nachdem, ob er groß ist und stark und männlich oder weiblich, laut oder leise, doch viele, die ihn kennen lernen, wollen sich versichern gegen ihn und dann steigen die Preise und Informationsmappen werden verteilt zur Befriedigung körperlicher und seelischer Bedürfnisse und Sanatorien werden eingerichtet, doch nicht jeder kann sie sich leisten, vielleicht bin ich einfach zu arm. Wenn ich wieder krank wäre, würde sich irgendjemand kümmern um mich, vielleicht, bestimmt, und ich könnte jede Hilfe verschmähen, doch kenne ich jetzt die Masken, ihre Verstecke und Verkleidungen, meine eigenen leider auch, sie eignen sich gut nur für Selbstmitleid, sie sind sehr zahm, fressen mir aus der Hand, Schoßhündchen. Wenn Liebe mit ihnen verwandt wäre, glaube ich, würde sie manchmal bellen wie sie, aufjaulen, doch sie ist stumm, spürt nicht den Schmerz, lebt weiter für sich, auch wenn ich glaube zu zerbrechen daran, sie schert sich nicht darum, brennt weiter und sticht und berührt meine Brust und meinen Bauch und küsst mich wie im Traum und in der Nacht zeigt sie mir meinen Körper und ihren und will, dass ich verstehe, sie lehrt mich und erzählt von Händen und Lippen und dem Mann, und wenn ich zu sterben glaube, weckt sie mich und schickt mich in die Regennacht oder unter die Sterne wie eine räudige Hündin, sie hilft mir nicht, ihn zu suchen, sondern sperrt mich

117

ein in meine Gedanken vor der Tür, die Masken stehen davor, sie glaubt, ich könnte sie übersehen, meine müsste ich zuerst ablegen, sagt sie, dann reiße ich an meinen Haaren und kratze Löcher in meine Kopfhaut und mein Gesicht, meine Fingernägel sind spitz geworden und lang.

Er wäre der falsche Mann gewesen für sie, denn er war immer müde oder tat zumindest so als ob. Er sprach nicht an auf ihre Reize, reagierte einfach nicht, wahrscheinlich war sie ihm zu hässlich oder zu dick, und er schloss die Augen bei der Liebe, um ihren Körper nicht ansehen zu müssen, nur wenn er ihr Gesicht spürte, öffnete er sie, denn er war süchtig nach Blau. Sie wäre für ihn gerne müde geworden und schlief nicht mehr, bestimmt war er es wert.

Am Morgen erwachte ich glücklich und küsste das grüne Tier auf die kalte grüne Schnauze, aalglatt ohne Falten, nur manchmal bildeten sie sich grimmig auf seiner Stirn, scheinbesorgt, er war es nie wirklich, selten, denn er beherrschte seine Rolle, wusste nicht mehr, wann der Vorhang fiel, er hatte sich verliebt in seinen Part und auch in sie, glaubte er zumindest am Anfang, denn er spielte glücklich, später war es schwieriger und dann zu schwer, deshalb suchte er sich einen neuen Regisseur und eine neue Leinwand, beinahe weiß, die Schatten darauf konnte er nur schlecht sehen, einmal hieß es, er sollte eine Brille tragen, doch ich denke, seine Augen waren ziemlich gut, denn er blickte durch mich hindurch und ließ es mich spüren, was mir unheimlich war, meine Rolle hatte ich vergessen, die Maske beinahe abgelegt, nur die Stimme hörte ich manchmal. Nach der Vorstellung mit dem Sinken der Lichter löste sich die Spannung und nass wischte ich etwas ab von meinem Gesicht, doch ich hatte nicht geweint, schöne Mädchen weinen nicht,

ich dachte, ich sei schön, ich fühlte mich so, warm,
auch wenn ich fror und lachend blickte ich ihn an und
wünschte mir, die Sterne würden nicht so hell scheinen,
denn sein weißes Gesicht schimmerte unheimlich und
bleich, die Stimme beruhigte mich, ich tastete nach der
groben Hand, Männerhände sind rau. Warum sich
Mädchen manchmal denken, sie, die Hände, wären
weich und gefühlvoll, ihre Liebe macht es möglich zu
lieben und zu vergessen in der Gewissheit der Liebe, die
sich verstärkt mit jeder Enttäuschung, vielleicht gibt es
Rückschläge, um die Spannung zu steigern ins Unendli-
che, bis es zu spät ist und du zu schwach, dann bricht
die Bühne und die Kabel darunter sprühen Funken
durch die Sterne, der Rauch löscht das Feuer und der
Staub bleibt zurück, im Dunkeln wird es kalt.

Viel Öl habe ich gesammelt, Flaschen aus grünem
Glas, zerbrechlich, mit dicker warmer Flüssigkeit ange-
füllt, die mich umgeben soll mit ihrem schützenden
Film, damit keine Dornen meine Haut zerkratzen und
spitze scharfe Gegenstände, an die ich stoße. Ich spüre
sie nicht, ihre Nähe, den Kontakt, die Tische und Stühle
und Bänke und Türklinken, Pflanzen, Fahrräder, Ampeln,
Laternen, denn sie sind kalt, gefühllos, berühren mich
nicht, sie geben weder Wärme ab noch Kälte, dringen in
meine Haut, ihr Material, stumpf, unsichtbar, der
Schleier hängt zu tief in die Wimpern, ich torkle wie ein
Betrunkener von Gefühl, das ein Traum ist ohne Sterne
in einem Sonnenmond oder für die Mondsonne, sie
haben sich vereinigt wie weiß und schwarz, ohne grau
zu erzeugen, ohne nichts zu sein, einfach alles und ganz
viel Grün für Bäume und Pflanzen, Blätter hüllen mich
ein wie einen Elf, der sich vergnügt in Blütenkelchen,
prächtigem fleischig süßem Nektar mit trunkenen Elfen
aus Staub und Sonne, der Wind bläst sie fort und lässt
den schwarzen Traum zurück, ein Stern erhellt ihn, es ist

die Laterne, meine Finger zucken verbrannt, ich stehe
am höchsten Punkt der hoch geschwungenen Brücke,
unter welcher ein Auto anhält, zwei Mädchen küssen
sich und lächeln mich an, mein Elfenkleid engt mich
ein. Weit beuge ich mich über die Brüstung, als könnten meine ausgestreckten Arme die schönen Körper
berühren, ich weiß, meine Augen sind riesig und ganz
grün mit gelben kleinen Punkten, nur eine darf ich
besitzen, haben sie gesagt, denn das gehöre sich so, die
andere im Verborgenen, sie kommen näher und sind gefangen und lächeln und schönes blondes Haar hüllt die
bedeckte Brust ein, ein Windstoß verweht es und
atemlos sieht sie mich an, ich berühre sie und sie
schließt die Augen, damit ich die Samthaut des anderen
Mädchens betrachten kann und ihre dunklen Locken
kringeln sich um mein Ohr mit der Zunge, schnell. Als
sie die Augen wieder öffnete, lächelte ich überlegen, sie
konnten sich nicht abwenden, ich blickte in die Ferne,
wo es Tag wurde im roten Licht, ein Taxi näherte sich,
ich hielt es an und stieg ein ohne mich umzuwenden.

Als der Fahrer mich entgeistert ansah, war ich bereits
vor meiner Haustür angekommen, erst jetzt bemerkte er
das Blut, ich hatte vergessen es abzuwischen, während
der ganzen Fahrt hatte ich die alten Narben auf der Kopfhaut geöffnet und mein Haar hing wirr von blutenden
Schuppen, entschuldigend beruhigte ich ihn, ich wollte
ihn einladen auf ein Glas Wein, doch dankend lehnte er
ab und mein Bett war kalt in dieser Nacht, bis das Telefon
klingelte und er Zeit hatte für mich, barfuß stolperte ich
über die Treppe, blind, so schnell ich konnte, und er
wärmte meine Füße, bis sie rot waren und er sie küssen
wollte, doch die Handflächen waren zu hart gewesen, die
Fingernägel zersplittert, sie hatten mich verletzt, sodass
ich den Kuss nicht ertrug, doch ich durfte es nicht sagen,
sie hatte mir einfach ein Tuch um meinen Kopf gewickelt

wie einen Maulkorb, improvisiert, er verhinderte, dass
mein Gebiss nach unten klappte, deshalb hatte er es auch
vorgezogen, den Fuß zu küssen.

Warum küssten wir uns so selten? Ich hätte dich
immer küssen wollen, dachte, du mich nicht, spürte
es, ich wartete auf das Rauschen des Blutes, doch es
floss ganz ruhig, meine Haut reagierte nicht und deine
Stimme reizte mein Ohr, ich versuchte es zu verschließen und wurde taub.

Gleich nach dem Kuss sagte ich ihm, dass ich nicht
mit ihm schlafen könne, denn es sei zu gefährlich, ich
log nicht, er schien beruhigt, er will seine Freundin
nicht wirklich betrügen. Der Kuss war stürmischer
gewesen, als ich erwartet hatte, angenehm überraschend,
er hat mich nicht wirklich gebissen, doch schwer war
sein Körper, er schloss mich ein unter sich, ich konnte
mich nicht bewegen, muss noch lernen, daran Gefallen
zu finden, weiß noch nicht, ob physische Qualen auch
außerhalb von Träumen erst vergessen bedeuten, weil
sie die Aktivität der Phantasie verhindern, sie zwingen
mich zu empfinden, Schmerzen, die alles überdecken,
einhüllen, betören, fangen, die einzige Möglichkeit, die
ich gefunden habe, bisher, nicht verurteilt zu sein, zu
denken, wie es ablaufen müsste, könnte, auch im Teich
der Krokodile tauchte ich mich selbst unter, um nach
Luft schnappend zu stöhnen, ich presste dich an mich,
wahrscheinlich um nicht allzu allein zu sein, und du
warst es für dich. Warum konnten wir es nicht bleiben
lassen bei der letzten Zigarette, graublauer Morgenhim-
mel und erste Kirchturmglocken, so nahe wie damals
am See war ich niemals einem Menschen, der kein
Mann war für mich damals und mich später dazu ver-
leitete durch die Berührung im Wasser, das uns umgab
mit seiner unendlichen Wohnung, umfloss, es weckte
meine Erinnerungen an das Reich der Krebse, es liegt

noch irgendwo und wartet auf mich, vielleicht im Inneren meines Körpers, verborgen. Wenn es sich ausbreitet, setze ich mich an den Strand mit einem großen Bogen von weißem Papier, in das ich mich einhülle, meinen Körper, um mich auszupressen, Abdruck über Abdruck, Schatten von mir, Seelen, sie sollen leben. Ich weiß nicht, ob ich dich lieben will mit meinem Körper, oder geliebt werden von seinem, ich möchte küssen, sooft und tief ich kann, den ganzen Tag, vielleicht in der Nacht, er macht es oft genug, bestimmt, ich will, dass er mich berührt, nachher verspürte ich Hunger, mein Körper rebellierte gegen das Diktat von oben, das ihm nicht erlauben wollte zu essen, Revolution der Instinkte, noch, das wird sich ändern, sobald die Diktatoren die Überhand gewinnen nach langsamer täglich stündlich minütlicher Unterdrückung, damit sie sich ändern können, mutieren, ihre Maske ablegen, um sich in der neuen zu verinnerlichen, die Bedürfnisse nicht kennt, nur Gedanken, pur, unvermischt, die Absolutheit, die sie dann nicht mehr anstreben müssen, verwirklicht. Die Katze lacht auf und springt weich auf die Schenkel, unverletzt, geschmeidig, der Wind täuscht sie im Gefühl der Freiheit über den Rand der Brücke hinaus, das Blau der Augen öffnet sich weit für den Himmel in dessen Farbe und löst das Tier auf, es verschmilzt mit der Sonne, um im richtigen Moment wiedergeboren zu werden als unendliches Gefühl ohne Gedanken, Liebe.

Ich dachte, sie reiche weit hinaus über die Freundschaft, sei in dieser Reihenfolge mit ihr verknüpft. Doch glaube ich immer noch nicht, dass ich falsch liege, vielleicht will ich nicht, doch, doch denke ich, auch du hast sie gespürt, wirst sie wieder warm fühlen, knistern, sie läuft davon auf hohen Stöckelschuhen, wie sie dir gefallen, wir haben sie nicht eingeladen, nicht gepflegt, ungewaschen, ungekämmt wurde sie hässlich, abscheu-

lich, ein Biest, ein Bissen, hart, hart, ungenießbar, er
quoll auf in meinem Mund, ich bin es gewohnt, Speisen
von abscheulichem Geschmack zu schlucken, du hast
einfach ausgespieen, unverdaut, vielleicht hast du
richtig gehandelt. Die Erde hat mich berührt, an sich
gerissen, der Erdboden schwarz, Geruch nach Pilzen
und nach feuchtem Grün oder trocken, Ewigkeit ohne
Regen, außer Blumen und Wüste keine wirkliche
Freude, es bleibt der Traum, doch jetzt ist es Mittag und
der Verkehr übertönt rauschend das dumme Lied, ge-
plärrt, die Haut schwitzt, der Bauch hebt und senkt sich,
aufgebläht von Luft, dein sozialer Kontakt sei ich, hast
du eben gesagt am Telefon, nachdem du aufgegeben
hast, wozu du imstande gewesen wärest, vor einigen
Tagen, vielleicht in den Träumen, die du in den Sand
geschrieben hast, entschuldige bitte! Nicht aufgegeben,
verschoben, auf unbestimmte Zeit, verteilt hast du die
Liebe, rationalisiert, zerstückelt, das Gefühl muss sich
einschränken, schrankenlos ist Wahnsinn, es war zu
stark für ihn, zu schwer, man bevorzugt leichte Kost,
welcher Mann würde es zu schätzen wissen? Ich will
ihn suchen, für dich, Gefühlsleichen verbreiten uner-
träglichen Gestank, und wenn du sie zu tief eingräbst,
findest du sie nicht wieder, niemals, denn dein Bedürfnis nach Gesellschaft redet dir Einsamkeit ein,
„Einsam", treibt dich in Gewohnheit, „Einsam", der
Rachen des Krokodils steht weit offen, einsam ein
Huhn, gackert verzweifelt, die spitzen weißen Berge der
Zähne, weiß und bleich wie die Knöchelchen, abgenagt
vom Hund, die Katzen sind alle vertrieben worden aus
der Stadt? Glaubst du! So täuschst du dich zum zweiten
Mal, nicht nachgesehen hast du im bunten Kochtopf,
verlockender Duft, wer sie nicht kosten will, wird ge-
scholten, dumm, verklemmt, nicht aufgeschlossen, neu:
man esse Katzen, jeden Tag vier Stück und zwischen-

123

durch für den kleinen Hunger lade ich dich ein, ein
Huhn zu verspeisen mit Haut und Federn und Knöchelchen, Krokodile stehen unter Naturschutz, vom Aussterben bedrohte Exemplare, Hühner gibt es *en masse*, Katzen
… niemand kann sich mehr an sie erinnern, die Mäuse
haben die Burg besetzt, schwarzes Pech tropft auf die
Glatzen der anstürmenden Krieger, die zusammenge-
brochen unter dem scharfen Biss bei lebendigem Leibe
verspeist werden, verdaut. Dein Rachen weit offen, um
mich zu verschlingen, zu zerbeißen mit scharfem
Gebiss, wie schön dies sein kann, weiß ich nicht, doch
ich bin dazu nicht imstande, mein Lieber, nicht fähig
und ich will mich nicht dafür schämen, dass ich mich
nicht verlieben kann, dachte ich, bis ich kennen lernte,
warum sich plötzlich alles dreht wie in der Nacht?
Ohne Wein, ohne Nebel, Regen, Sonne, mein rechter
Oberschenkel im Schatten, und die Vögel singen, wie du
weißt, den ganzen Tag hier, manchmal auch in der
Nacht, wenn ich nicht schlafen kann wie sie, Erwartung.

Sie verlangt Sicherheit, sonst wird sie untragbar, das
Erwartete unerwartbar, es löst sich auf im Warten, zerbrö-
selt, zersetzt sich, zerfressen von kleinen weißen
Würmern, sie kringeln sich, ringeln sich auf, Verwesung
oder Reife, du bleibst grün für mich oder ein Krokodil,
ein Plüschtier, es altert nicht so schnell. Erinnerung
schmerzt nicht mehr, gefiltert durch neue Erlebnisse, sie
hüllen ein in beruhigende singende Töne, gleißende
Schatten, Licht schmerzt, zu hell, bis du es ausschaltest um
zu erkennen, dass Klarheit ohne Schatten nur scheinbar
Sonne war, der Mond geht auf und die Katzen springen
über die Dächer, um sich im Dunkel zu beklagen über die
Einsamkeit, sie weinen wie kleine Kinder und wenn du sie
noch trösten wolltest vor Jahren, zu dir nehmen ins Bett,
auch wenn die Mutter dich warnte, weißt du jetzt, wie
glücklich sie sind in ihrem Schmerz, sie kennen keine

Tränen, sie haben Laute gefunden, du Worte, gesprochen oder schwarz, manchmal rot, sie fühlen sich nur anders an durch Farbe, strenger, leidenschaftlicher, seltsamer, extravaganter, ihr Kleid. Ich beneide die Tiere, welche nicht sprechen können und dadurch ruhiger, ohne Drängen, ihre Jungen säugen dürfen und sauber schlecken, die Zunge erfüllt ihre Aufgabe.

Nachdem er mich abermals besucht hatte, war ich ruhiger geworden, meine Treppe benutzt, meinen Stuhl, mein Heft, meinen Aschenbecher für seinen Kaugummi, mein Bett, um mit mir zu sprechen. Mir schien, als könne ich wieder klar denken, natürlich war mein Krokodil noch kein Plüschtier und sein Gesicht war zum Gespenst geworden, doch eben dies flößte mir Ruhe ein, bewies, dass ich mich bewegte und nicht nur die Welt um mich herum. Auch mein Bedürfnis, Ordnung zu schaffen, aufzuräumen, hatte nachgelassen, wochenlang hatte ich verzweifelt mit ansehen müssen, wie Tag für Tag, Sekunde für Sekunde die Möbel verfault waren, der breite Schrank, beschlagen der Spiegel, Fremdkörper in meinem Zimmer, Angst hatten sie verstärkt, die immer lauert in finsteren Ecken, unter meinem Bett, letzte Nacht noch habe ich sie gespürt, als die Finger nach mir griffen kurz vor dem Einschlafen, spitz und rau durch die Matratze, doch hatte ich Kraft gefunden, das Licht anzuknipsen und sogar gewagt, vorsichtig nachzusehen, obwohl ich wusste, ich würde nichts Ungewöhnliches entdecken können, man kann sie nicht sehen, sie sind nicht da, es gibt sie nicht, Angst folgt nicht dem Prinzip, dass alles bewirkt wird, dass es Gründe gibt und Folgen, kausale Abläufe, denn mit mir ist alles in Ordnung und mit meinem Leben, durchschnittlich, beruhigend, mit einem gewöhnlichen Maß an Angst, nichts Extravagantes, seltsam Beunruhigendes, nur Logik hat sich als falsch erwiesen, Erkenntnis, die

mir im Moment noch einige Orientierungsschwierig-
keiten bereitet, doch bald wird das neue Prinzip der
Abfolge den Markt erobern, ausgehend zugleich von
allen möglichen Quellen, sich wellenförmig ausbreitend
und zugleich von einem Pol zum anderen, sowie in
Linien, es wird geschehen, bestimmt, denn sie besitzt
uns, beflügelt, stemmt, unterdrückt, besessen, Liebe.

Mädchen pflegen sich für sie, um möglichst schön zu
sein für ihn, ihr Körper, rein, duftet, er will es nicht
wahrhaben, beschäftigt, lächelt nachsichtig, um sich
vergessen zu dürfen, verloren in Leidenschaft, Legiti-
mierung seiner Unkontrolliertheit, Entschuldigung, das
Berühren der weichen weißen Brüste wie im Spiel.

Es ist so schön, geweckt zu werden von dir, deiner
Stimme, mitten in der Nacht, zwei Tage lang habe ich
gelebt für dich, geatmet, geschrieben, Sand und Wind,
zwei Wochen lang für sie, nur für sie, konzentriert, ich
weiß noch nicht genau, ob ich mir einen Flugzeugab-
sturz wünschen soll für euch beide, über dem Meer,
keine Überlebenden, ein ausgebranntes Wrack, die einzelnen Teile an Land gespült, altes Plastik, zerbrechlich,
ein Toter, unbekannt müsste er sein für mich, ein
Fremder, trauern dürfte ich nicht, kurz bemerken: Es tut
mir leid, so viele junge Menschen, die sterben, Unfälle,
auch er ist unter den Opfern, ein Unglück, schade, was
sollte ich tun? „Ich" so nahe bei dir, auf derselben Zeile,
ein Verhältnis zwischen den Namen, Bezeichnungen, in
Zusammenhang, enger, als ich mir jemals vorzustellen
gewagt hätte, auflösen kann man es, den Vertrag zerreißen, Reißwölfe sind gefräßige Tiere, unersättlich,
ohne Gefühle wie Menschen, auslöschen für dich, um
den Knoten zu entwirren, in welchem du dich bewegst,
flatterst unsicher, dabei bist du ein großer freier Vogel,
Gefangene – ein trauriges Bild von großen dunklen
Augen, noch leuchten sie, es fehlt die Gewissheit.

Das Krokodil reißt gähnend seinen Rachen auf; wann es einschlummerte? Unbemerkt.

Bleiben würde ich, wochenlang, um von dir geweckt zu werden, nach zweiundfünfzig, am Telefon, nicht warten, sondern atmen für dich, mich konservieren für den ersten Tag des Lebens ohne zu schlafen, um keinen Gedanken zu verlieren, Träume flüchten vor zuviel Schlaf, werden zu sinnlosen Verirrungen, fern von Phantasie, Gehirnaktivitäten ohne Zweck, wirkliche Träume gehen in Erfüllung, denn in ihnen ist Energie gespeichert und viel Wissen um die Zukunft, sie bestehen aus Gefühl, Tod ist nicht ihr Gegensatz, vielleicht Schlaf, Müdigkeit. Im Morgengrauen erwachte sie, um die Sonne zu begrüßen und von ihr umarmt zu werden, der Tag der Tage, ob er zurückkehren würde? Sie hatte sich darum bemüht, keine Erinnerung zu schaffen und keine störenden Gespräche zu provozieren, welche die Erinnerung bedeckt hätten, dunkel, ölig, abscheulich, zu viele Meeresvögel mit ölverklebtem, verschmiertem Gefieder starben grau am Ufer des Krokodilteiches, verzweifelt riss ich ihnen ihre Federn aus, um sie zu befreien, doch konnten sie nicht mehr fliegen dadurch und die glänzenden Augen verschleierten sich, die Wolkenstadt schien unerreichbar, in der du keine Erlaubnis brauchst, denn sie besteht aus Leben und Flügelschlägen und sinnlichen Nachtigallen. Ich dachte, sie sei auch für Krokodile zugänglich, doch diese werden zu Drachen, feuerspeiend, wenn du sie mit Flügeln ausstattest, und viele Tränen sind notwendig, um das Feuer zu löschen in soviel Luft. Die Brust war eng geworden, als presste ein Mann glatte Platten auf meinen Körper, um mich zu zerdrücken, quetschen wie eine Fliege, kein Schluchzen entwich, glücklicherweise war es so eng, dass es nicht Platz fand, Wolkengefängnisse gibt es nicht, doch darfst du nur bei schlechtem Wetter hoch hinauffliegen, sonst

schmilzt das Wachs, du wirst zum Menschen, deine
wahre Identität gibst du preis und dein Körper zer-
schellt auf der Klippe, die Vögel teilen ihn auf unter-
einander, du bist es nicht wert als Ganzes verlost zu
werden, nicht in einem Stück gewebt wie das kostbare
Gewand, sie sind stets hungrig, ein Arm, ein Bein, das
Herz, schreckliche Bilder durchziehen die Träume,
flammen kurz auf, Motive für Gefühle, wolkige Gebilde,
verformbar, schweißgebadet sahst du mich an, erschrocken, ich hätte dich nicht wecken sollen, nicht
zurückrufen vom Strand der goldenen Haare.

Ich fühlte das Fenster klirren, die Flügel aufschlagen,
die Wand berühren, die Fliesen im Bad, schwarz bewegte
sich eine Hand, ein Bein in warmer dunkler Hose, abscheulich, meine Hände bleiern, die Finger gelähmt,
mein Körper festgezurrt von unsichtbaren Seilen,
Bewegungslosigkeit und Angst im Inneren, dunkel, die
Augen öffneten sich nicht, festgeklebt, verschlossen,
Blitze über die dumpfe Gestalt, doch ich durfte sie nicht
ansehen, mich nicht wehren, sie eroberte die Wohnung
mit jedem Schritt, der Boden vibrierte, obwohl sie dah-
inschlich, ein gefährliches Tier, Wind hatte sich vorge-
wagt durch das geöffnete Fenster, die Bettdecke fiel von
mir ab, zog sich zurück, langsam sank ich in den Spalt
zwischen den Matratzen, doch er war zu schmal, erd-
rückte mich, ich war gewachsen, zu groß, versuchte
mich zusammenzukauern, um nicht entdeckt zu
werden, langsam gelang es mir die Augen zu öffnen,
schwarze Farbe hatte mein Zimmer getüncht in Un-
kenntlichkeit, der Schalter der Lampe versteckte sich
hinter dem Schrank, fiel immer tiefer, die Tür öffnete
sich, gähnte, ich erwachte, blieb gelähmt liegen,
Schweiß hatte mich festgeklebt am Leintuch, nichts regte
sich, meine Augen wollten nicht sehen, der Schatten an
der Wand bewegte sich langsam näher, im Traum gelang

es mir ihn zu vertreiben, doch jetzt war ich wach und spürte: Er stürzte sich auf mich, um mich zusammenzupressen zu schwarzem Nichts, er verbot mir jedes Zucken mit seinem Blick, niemals mehr würde ich mich bewegen können, wusste ich, am Morgen hatte ihn die Sonne vertrieben, glücklicherweise hatte ich den Wecker nicht gehört, sonst wäre ich bestimmt zu früh erwacht.

Im Wald suchte ich ihn den ganzen Tag lang und auch in der Nacht, doch er ließ sich nicht mehr blicken, warum ich mich damals vor ihm fürchtete? Ich liebte Schwarz und wollte gefangen sein, zu spät wurde mir dies klar, zu lange hatte ich klein sein wollen und verletzlich, furchtsam, scheu. Im Traum war mir Dido erschienen, sie sprach nicht, berührte mich und zeigte mir ihre Wunde, das Herz pochte offen, die Bäume um uns herum waren Schmerzen und Leiden, Träume und Krankheit und Tod, das Grün hatte sich entfernt von ihnen, die Farbe des Krokodils spendete mir keinen Trost mehr, was ich feststellte voller Entsetzen, Stöhnen hatte sie erfüllt, keine Träne floss, um sie zu begießen, ihr Salz hatte bereits das Leben zerstört, kalt war die Hand des einst so schönen Mädchens, schwarz verkrustet verunstaltet Blut die schöne Brust, weiß für immer, aus deren Wunde das Gefühl auf mich tropft verätzend, wohlbekannt, es vermischt sich mit meinem, wird leichter erträglich, dunkles Lachen, zu tief, um froh zu sein, die Kehle vibriert, schwerer Atem. Ich kann ihr nicht folgen, wir suchen ihn unter den trauernden Farnen, das Moos hält mich zurück, weil der Geliebte versunken ist aus Rache, tief in der Erde, auch die zweite Hoffnung hat sich als Täuschung erwiesen, Ruhe anstelle von Liebe, Ersatz, dachte ich, sie scheint unglücklich zu sein, jetzt verzweifelt, ein Schrei, Wut und Enttäuschung und neue Eifersucht, der Wald nimmt uns auf und verdaut uns, um uns wiederzugebären als

Seelen, er hat die Wunden weggenommen und nicht an Phantomschmerzen gedacht, das Schwert sticht zu, damit ich mich darauf werfen kann mit jedem Atemzug.

Sie reißt mich zurück und lacht mich aus, weckt mich, ich wollte daran glauben, sie lächelt über die Geschichte und zeigt mir ihr Schloss, in dessen Anbau sich ein großzügiges Gehege befindet voller Schweiß und Helden, jeden Morgen wählt sie mit einem kurzen Wink einen von ihnen aus, lässt ihn waschen und kämmen, nackt einölen, gekühlt servieren mit abgeschlagenem Kopf wegen des Blutes, dann verzehrt sie nur die Innereien, die Schale wird im Sondermüll entsorgt. Sie hat sie erkannt und kann sie nicht mehr lieben, dafür bestraft sie sie und mich, denn sie nimmt mir kalt die Illusion, mein Vater hat mir die Geschichte von ihnen erzählt, ein Märchen, sie die Wahrheit, ihn braucht sie nicht mehr, denn zu einem Geist ist sie geworden, bis sie abermals die Maske ablegt, um bei den Knechten zu schlafen. Ich lege mich zu ihnen, etwas abseits, nur die Geräusche beruhigen mich, ganz sanft bin ich geworden, nur das Schnaufen der Kühe wärmt mich, ich kaue wieder wie sie, obwohl ich nichts mehr essen kann, ich bin satt, kaue an einem Halm, doch er schmeckt nicht, fad, mein Mund will sich nicht öffnen, nur meine Hand bewegt sich ein wenig, als sich einer der Jungen zu mir legt, mein Rücken macht ihn glücklich, seine Pranken wärmen die flache Brust, halten mich fest, der Traum trägt mich zu ihm, der kein Gesicht besitzt, denn er verwendet keine Masken, sein Körper schält sich in der Sonne des erwärmten Steines, immerzu, kein Haar stört die glatte Haut, geschmeidig und gefährlich ruhig, er schließt mich ein in sein langes, glattes Fleisch, kringelt sich um meinen Bauch, um mich nicht mehr loszulassen, die Zunge zuckt in meinem Nabel, bedrohlicher Weg zum Zahn des Giftes.

Er mag keine Katzen und weiß nicht, dass ich eine bin,
ich werde es ihm nicht sagen, auch wenn ich leide,
doch eines Tages werde ich mein Fell geschmeidig
schlecken und den Bauch, um mich auf den Weg zu
machen, er darf mich nicht halten, denn ich will
singen auf den Dächern und Vögel einfangen in der
Nacht, aber schlafen im weich gepolsterten Körbchen.
Dido ruft, sie will schlafen und legt ihren Arm um
mich, fesselt meine Hände und windet sich den Strick
um den Hals, wenn ich zuzöge, dann müsste sie
sterben, erstickt, sie ist zu schön, ich liebe sie.

Ich hätte nicht so lange auf ihn warten dürfen, dann
hätte ich verstanden, dass ich nicht auf ihn wartete,
sondern auf mich, ich hatte einfach ein Gewicht verschoben, eine Aktion, von der einen Seite der Waage auf
die andere Waagschale, die nur wenige Nächte ausfüllt,
auf seinen Körper, doch ich bin schwerer als er, wie
hätte er es tragen sollen, die Köpfe genügten, dachte ich,
zwei lachende Fratzen um Gehirne, die ineinander
flossen, wieso sollten sie sich in Schranken weisen lassen
von Händen und Füßen? Ich schmeckte Bitterkeit, kein
Zucker, meine Zunge fühlt, vielleicht könnte sie auch
küssen, ich küsse mich, bald wird sie wieder aufquellen,
pelzig, sie gehört nicht zu mir, denn ich spreche in
meinem Kopf, nur Seelen lenken Zungen, ich werde
mich auf die Suche machen nach ihr, wo habe ich sie
zurückgelassen? Ein schwieriges Unterfangen, denn die
Grenzen sind nicht abgesteckt, in zu viele Richtungen
der Zukunft und der Vergangenheit, wie sie die Zeit
nennen, wage ich mich vor, sagen sie, die man von der
Gegenwart aus betrachte, in der man sich befände, sie
tragen mich fort, zerren an meinen Haaren, geben mir
zu essen und zu trinken, Süßes, damit ich mich betrinke
und nicht mehr daran denke, damit ich gedämpft werde,
gepolstert, beruhigt, ich will fliegen, sie stopfen mich

wie einen Hahn, mästen mich, die Fasern quellen auf und verkleben mein Blut, dick, ich bin gebremst und ruhig, Insekten krabbeln über mich und lecken den süßen Saft von meinem Mund – winken mit dürren Beinen, in der Ferne der Kater, er nähert sich, streicht mit seinem Schwanz um meine Brust, ich will ihn nicht verscheuchen, doch träge lächle ich ihn an in der Gegenwart, was vor mir liegt, dem sehe ich gelassen entgegen, was geschieht, wird passieren, ich kann es lenken, vieles ist Glück, manches Schicksal, sie haben es fertiggebracht mit ihrem Lachen und den sorgenden Händen, Küssen von feuchten Lippen, schwitzenden Umarmungen, Duft von Mutter, er betäubt am Stärksten, nur mich, fort von ihnen, um klar zu denken – worüber?

Es beunruhigt mich über die Enttäuschung hinaus und Stolz, Eifersucht und Gefühle, und Körper, natürlich, sie machen nur einen kleinen Bruchteil aus, es erhitzt mich, drängt mich, ich weiß ohne Ziel, die einzige Möglichkeit der Ewigkeit, unendlich, sagen sie. Warum glauben sie, es befände sich in mir? Können sie es nicht sehen? Es ist zu klar, pur, transparent, durchsichtig und wunderbar, Fieberschweiß auf der Stirn, er phantasiert, ich wusste nicht, dass Tiere Phantasien entwickeln, aus der Welt austreten wie meditierende Mönche, ich denke, der Kater ist krank vor Liebe, denn die Katze hat sich verloren und als besonderen Effekt ihre Gliedmaßen verrenkt, vertauscht, das Gesicht verschoben, die Organe verteilt, sie muss sich richtig zusammenfügen, selbst, ein Puzzlespiel, niemand darf ihr dabei helfen, auch wenn sie um Hilfe miauen könnte, doch die Zunge fiel in einen tiefen Brunnen, verfault im abgestandenen Wasser zu braunem Schlamm.

Bettina Galvagni

Die chinesische Pagode

Es war Winter. Hin und wieder fiel ein paar Stunden lang Schnee auf die Dächer der Häuser und das Wasser der Themse, dann klarte es auf und wurde bitterkalt.

Die psychiatrische Praxis von Doktor Slezák befand sich in der Nähe der Tate Gallery. Wenn er nicht mehr wußte, was er mit manchen seiner Patienten tun sollte, schickte er sie hinüber in die Tate Gallery, damit sie ein bestimmtes Bild ansähen, oder er ließ sie zur Themse gehen und ins Wasser starren. Es kam vor, daß diese Hausaufgaben, wie er das nannte, etwas Neues für die Therapie ergaben, und es kam vor, daß weiter nichts geschah.

Slezák genoß einiges Ansehen. Er hatte Artikel veröffentlicht und hielt Vorlesungen an der Universität.

Suzanne, die an der Royal Academy of Dancing studierte, war schon lange seine Patientin. Er hatte sie oft in die Tate Gallery geschickt und gebeten, aufmerksam Rossettis „Ecce Ancilla Domini" anzuschauen, denn aus irgendeinem Grund erinnerte sie ihn an das Mädchen, das auf diesem Bild dargestellt war, und er erhoffte sich mehr Aufschluß über sie, wenn es ihnen beiden gelänge, durch dieses Bild hindurch zu kommunizieren.

Suzanne lebte allein in der Stadt. Sie hatte eine Katze, die sie über alles liebte, aber sie traf sich fast nie mit anderen Leuten.

„Manchmal", erzählte sie Slezák, „spaziere ich morgens durch die Kew Gardens, bis zur chinesischen Pagode. Sie ist die Kopie eines Tores des Nishi-Honganij-Tempels von Kyoto. Ich kenne niemanden in den Gardens, nur in der

Tate kenne ich jemanden, einen von den Wächtern. Ein Iraner, der immer vom selben Film erzählt, in dem ein Herr Bagheri eine kleine Rede hält für einen Herrn Badii, einen Taxifahrer, der sich umbringen will. Der Iraner kennt die Rede auswendig, und auch ich kenne sie inzwischen auswendig. Wollen Sie sie hören? Vielleicht erinnere ich mich an einige Sätze. Hören Sie gut zu: ‚Ich war fest entschlossen, mich umzubringen. Ich fuhr los nach Mianeh. Ich kam zu den Kirsch-Plantagen. Dort hielt ich an, es war noch dunkel. Ich warf das Seil über den Baum, aber es hielt nicht. Ich versuchte es einmal, zweimal, ohne Erfolg. Also kletterte ich auf den Baum und knotete das Seil fest. Da spürte ich etwas Weiches unter meiner Hand: Kirschen. Köstlich süße Kirschen … Plötzlich sah ich die Sonne über dem Berg aufgehen. Was für eine Sonne, was für eine Landschaft. Was für ein Grün! Dann hörte ich Kinder, sie gingen zur Schule. Sie blieben stehen und schauten mich an … Ich war losgezogen, um mich umzubringen. Aber eine Kirsche rettete mein Leben! … Ich ging fort, um mich umzubringen, aber eine Kirsche hat mich verändert … ' Glauben Sie an diese … Geschichten? Immer wieder rezitiert der Iraner diese Rede wie ein Gebet, bis ich sage: ‚Herr Bagheri, hören Sie auf mit Ihrer Rede.' Gegen Ende des Films sucht Herr Badii Herrn Bagheri im Seziersaal, wo Herr Bagheri Tiere präpariert. Herr Bagheri trägt einen weißen Mantel. Draußen, vor dem Seziersaal, ist es staubig, es scheint Nachmittag zu sein, die Sonne schwimmt wie ein klebriges Getränk zwischen dem Staub. Herr Badii möchte, daß Herr Bagheri spricht, aber jetzt hat Herr Bagheri nichts mehr zu sagen, und dann, in der Nacht, wenn Herr Badii allein in seinem Apartment sitzt, haben auch die Schüler und die Kirschen Feierabend, glaube ich …"

Doktor Slezák spitzte einen Bleistift mit einem silbernen Spitzer.

„Als ich hier ankam", sagte er, „vor vielen Jahren, hatte ich einen zerschlissenen Stadtplan in der Hand und einen kleinen Koffer. Ich durchschritt die Marylebone Road. Es war gegen Mittag. Die Sonne schien durch den Regen hindurch. Unendlich viele Leute überall. Ich hatte Fieber und Husten und kaufte pinkfarbene Hustenbonbons bei *Boots*. Sie haben keine Ahnung, wie glücklich ich war."

Warum erzähle ich dem Mädchen das? fragte sich Slezák. Eisiger Wind klopfte an die Fenster wie die … Hand aus „Wuthering Heights". Slezák stand auf, ging an sein Bücherregal.

„Hier, nehmen Sie", sagte er zum Mädchen.

„Wuthering Heigths". Das Mädchen nahm das Buch in die Hand. Ihre Hände waren rot von der Kälte. Sie schien nie Handschuhe zu tragen. Die Haare waren blond, als sie das Buch an sich nahm, berührten sie den Umschlag. Sie erinnerten Slezák an die Haare der Frauen in den Kostümfilmen, die das Leben von Königen und Königinnen erzählten. Edward VII., Heinrich VIII., Elizabeth …

„Ich kenne dieses Buch", sagte das Mädchen. „Ich las es in der Schule. Statt aus dem Fenster zu sehen wie ein paar andere, habe ich gelesen."

„Lesen Sie es noch einmal."

„Warum?"

„Lesen Sie es nochmals", wiederholte er.

„Wenn ich statt hier zu sein in Paris wäre, und Sie auch, würden Sie mich bitten, den ersten Band der ‚Recherche' zu lesen, oder? Es wäre dasselbe, glauben Sie?"

Marylebone, erinnerte sich Slezák, Regen, Sonne, Nebel. Im *Boots* trugen die Verkäuferinnen Jasminparfüm. Er war mit dem Zug angekommen. Paddington, elf Uhr zwanzig. Indische Verkäuferinnen. Ein kleines Hotel. Eine kleine Frau. Sie trug lilafarbenen Lippenstift und ein Armband aus Glasperlen. An seinem zweiten Nachmittag in London war er in der Tate Gallery gewesen und hatte das Bild „Ecce Ancilla Domini" angeschaut. *Being lost. Getting to know an unknown joy* ... Er hatte diese Worte gefressen wie eine gefräßige Katze.

„Einmal", sagte Suzanne, „habe ich in einem Theater alte Programmbücher gekauft. Man konnte sich zwischen ‚Classical' und ‚Modern' entscheiden. Ich sagte schnell und ohne zu überlegen ‚Modern'. Danach habe ich die Bücher aus dem Fenster geschmissen, eines nach dem anderen. Ich habe sie umgebracht!"

Slezák schaute gelangweilt aus dem Fenster.

„Waren Sie mal im Princess of Wales Tropical Conservatory, in den Kew Gardens?" fragte er.

„Nein, niemals. Sie wissen, die chinesische Pagode, nichts sonst. Ich füttere Odette, meine Katze, dann, manchmal, gehe ich zur Pagode. Dort bete ich, daß Gott mir Odette niemals wegnimmt. Ich habe nur Odette. Und sie hat nur mich. Statt eines Polsters bevorzugt sie eine alte weiße Bluse von mir."

Marylebone Road, dachte Doktor Slezák wieder, hatte das Glück, das ich in ihr empfand, etwas mit dieser Straße zu tun? Pinkfarbene Hustenbonbons ... Er sah auf und betrachtete Suzanne, das Mädchen, das an der chinesischen Pagode für seine Katze Odette betete.

Mit einer zögernden Geste, wie ein ungeschickter Junge, half Slezák Suzanne in den Mantel. Es hatte aufgehört zu schneien.

136 Als Suzanne aus der U-Bahn-Station heraufstieg, war der Schnee wieder da. Er fiel vom Himmel wie weiße Kirschen von einem Papierbaum. Suzanne rannte nach Hause, legte sich ins Bett und schlief ein. Odette miaute, sie hatte Hunger. Sie rüttelte Suzanne mit ihren sanften Pfoten, aber Suzanne wachte nicht auf. Odette schlich

allein durch das Apartment, hüpfte auf Schränke, Schuhe, Bücher. Sie fand kein Futter.

Am Morgen hatte die arme Odette noch immer Hunger. Suzanne stand auf, öffnete eine Dose Katzenfutter. Die Katze fraß gierig. Suzanne beschloß, in die Stadt zu gehen und eine Zeitlang von der Brüstung vor der National Gallery auf den Trafalgar Square hinunterzusehen.

Slezák saß zu Hause an seinem Schreibtisch. Er war dabei, das Buch „Un métier impossible" der französischen Philosophin Sarah Kofman zu lesen. Wie im Spiel, schrieb S.K., wer nichts riskiert, hat nichts. Wenn Sie zum Gynäkologen gehen, und wie eine türkische Frau nichts zeigen … Slezák versuchte sich S.K. vorzustellen. Die einzige Fotografie, die er von ihr kannte, zeigte sie in einer dicken Strickjacke, die Haare, asymmetrisch gescheitelt, berührten den Kragen dieser unendlich dicken Jacke. In der Hand hielt sie das Buch, das sie über „Kater Murr" geschrieben hatte. Auf dem Umschlag eine schwarze, aufrecht stehende Katze. S.K. lacht. Er hatte gelesen, sie habe oft gelacht.

Wenn er in Paris gelebt hätte, hätte er S.K. dann kennengelernt? Sie einmal gesehen? Er war sich sicher, daß etwas in seinem Leben sich dadurch verändert hätte, so wie damals, als er Natasha kennengelernt hatte.

Von einem kleinen, schmutzigen Dachfenster aus hatten er und sein Freund immer die Mädchen in der Turnhalle beobachtet. Um die Schule herum war alles wie leergefegt, selbst die Häuser schienen unbewohnt. Eine kleine, stille Stadt am Schwarzen Meer. Natasha sprang wie ein Gummiball herum. Wenn sie erschöpft war, hockte sie sich in eine Ecke. Der Lehrer ließ sie machen, was sie wollte. Sie war dreizehn und trug immer einen roten Pullover und blaue Hosen, auch im Turnunterricht. Das Haar zu einem Pferdeschwanz gebunden. Ihre Augen waren blaugrün und zerbrechlich wie Seidenpapier. Einmal war es seinem Freund gelungen, Natasha nach dem Unterricht abzufangen. „Ich will wissen", sagte er, „was dein Geheimnis ist. Warum deine Augen anders sind als die von den anderen Mädchen, deine Haut blasser, deine Haare dicker." Neben der Schule gab es ein altes verfallenes Kinogebäude. Man hatte hier Stummfilme gezeigt, und ein Mann, manchmal auch eine Frau, war am Klavier gesessen und hatte gespielt. Immer heftiger gespielt, bis zu einer unsichtbaren Explosion. Jetzt wuchs ein zitternder Ahorn, den jemand einmal neben das Kino gepflanzt hatte, in ein Fenster hinein. Dorthin ging der Junge mit Natasha. Natasha ließ es geschehen. Sie war dazu bereit, alles zu tun, was sie noch mehr von den anderen unterscheiden würde. Dann würde sie es sich irgendwann auch leisten können, wenn sie Lust dazu hatte, in der Klasse einfach aufzustehen und zu gehen, und niemand würde etwas sagen. Sie würde einen Rock anziehen und wie eine Frau lächeln. Sie, die Königin einer beinahe von der Landkarte verschwundenen Stadt. Die Königin der letzten Bäume, der letzten Häuser, der letzten Dinge, die auf dem Schwarzmarkt verkauft wurden. Im Botanischen Garten waren die Erklärungsschilder abgefallen. Nichts wurde mehr erklärt. Man konnte „Platane" sagen zu einer Libanon-Zeder, es war egal. „Kamelien" zu den blaßrosafarbenen Pfingstrosen, die in Asien verehrt wurden. Der Junge drückte Natasha auf den Boden. Natasha atmete schnell. Slezák war den beiden gefolgt. Auch er atmete schnell. Der Junge zog Natashas blaue Hose herunter. Natasha dachte an das laute, verstimmte Klavier, das hier in der Nähe gestanden hatte. Sie würde Schauspielerin werden. Sie hatte das Gefühl, alles zu wissen, sie, die Herrin über die verfallenden Häuser, den blaßlila Himmel. Es war Nach-

mittag, gleich würden die wenigen Geschäfte, die es
noch gab, öffnen, und Leute wie Bienen um den
Brunnen am Hauptplatz kreisen. Slezák sah, wie die
Sonne von dem Muster der Ahornblätter durchbrochen
in den Raum fiel. Plötzlich krümmte Natasha sich zusammen und weinte, und der Junge verschwand. Nach
ein paar Minuten ging Slezák zu ihr und begleitete sie
nach Hause. Und jetzt lebte Natasha in Paris und unter-
richtete an der Sorbonne. Vielleicht hatte sie S.K.
gekannt? Sie hatten sich nie mehr gesehen, aber manchmal schien ihm, er schriebe seine Artikel für sie, das lila
Mädchen mit blaugrünen Augen, das vielleicht S.K.
gekannt hatte. Slezáks Frau, eine junge Tierärztin, glich
Natasha ein wenig, deshalb hatte er sie geheiratet.

Das indische Dienstmädchen rief zum Mittagessen.
Slezák wartete im Eßzimmer, blickte aus dem Fenster
des Backsteinhauses. In der Ferne konnte man ein Tor
des Hyde Park sehen. Die Schneewolken hatten sich in
Nebel verwandelt. Plötzlich beschloß Slezák, Natasha
einen Brief zu schreiben, und dieser Entschluß machte
ihn unruhig. Er konnte kaum essen. Nach dem Essen
spielte er mit einer Orange herum. Als er wieder an
seinem Schreibtisch saß, schmiß er Blatt um Blatt weg.
Er konnte Natasha nicht schreiben. Bevor er in seine
Praxis ging, würde er in die Tate Gallery gehen und dort
eine Postkarte kaufen, vielleicht „The Childhood of
Mary Virgin". Er würde ihr diese Karte schicken, mit
nur einer einzigen Frage: „Verehrte Madame, haben Sie
zufällig S.K. gekannt? Wenn ja, würden Sie mir etwas
darüber erzählen? Mit freundlichem Gruß, J.S."

139

Niedergeschlagen ging Doktor Slezák die Millbank
entlang. Zum erstenmal seit vielen Jahren schien ihm,
sein Leben löse sich auf. Und nur diese Postkarte könnte
es wieder zusammenkleben, aber sie wird es nicht tun.
Er wird sie aufgeben, er wird sie nicht aufgeben.

Er spielte das Spiel der Margeritenblume. Aber auch, wenn ich sie aufgebe …, dachte er. Warum war er plötzlich so fixiert auf Natasha, oder auf S.K. oder auf seine eigene Vergangenheit? Wenn jemand ihm anbieten würde, ihn wie eine Fliege einen Tag lang durch Natashas Leben in Paris schwirren zu lassen, er würde sein ganzes Geld, seine Praxis … Slezák fühlte sich wie einer seiner Patienten, die er in solchen Fällen eben in die Tate Gallery oder zur Themse schickte. Mit müden Schritten erreichte er die Vauxhall Bridge. Die Postkarte zitterte in seinen Händen, die nun gerötet waren wie die Suzannes, denn auch er trug jetzt keine Handschuhe.

Nach einer halben Stunde, in der er vor Unentschlossenheit reglos auf der Brücke gestanden war – mit der Postkarte zwischen seinen Fingern, die wie ein Fähnchen zitterte –, erreichte Slezák seine Praxis. Seit einiger Zeit hatte er keine „Sekretärin" mehr, wie er die Dame zu nennen pflegte, die seine Patienten empfangen hatte.

Slezák stellte die Postkarte aufrecht auf seinem Schreibtisch auf, indem er sie an eine eingerahmte Fotografie lehnte, die seine Frau zeigte. Er betrachtete die Karte, als ob sie ein Strauß Blumen wäre, den er soeben in eine Vase gesteckt hatte. Durch das Wasser, das sie aufsogen, würden die Blumen wieder anfangen, ihren rätselhaften Duft zu verströmen.

Suzanne hatte bei Harrod's ein blaues Kleid gekauft. Ein blaues englisches Kleid aus einem schweren englischen Stoff. Ihre alten Kleider hatte sie in ihre Tasche gestopft.

Erschöpft setzte sie sich in die Cafeteria der Tate Gallery, die klein, eng und künstlich hell war. Auf dem Tischchen lag eine leicht zerknüllte Zeitung. Suzanne blätterte sie durch. Plötzlich fiel ihr Blick auf die Fotografie eines Jungen, der am Tag vorher bei einem Autounfall gestorben war. Der Junge lachte auf dem Bild.

Er schien sie anzusehen. Suzanne blätterte weiter. Sie schluckte. Innerhalb weniger Sekunden hatte sie sich in einen unbekannten Toten verliebt und ließ nun Tränen in ihren Lindenblütentee fallen. Plötzlich hob sie den Kopf und schaute herum. Die Leute, die an den Tischchen saßen, schienen heiter und ruhig zu sein. Eine Dame war sehr elegant, und Suzanne stellte sich vor, daß sie Professorin für Kunstgeschichte an der Universität war. Wenn nicht alles im Leben so kompliziert wäre, würde Suzanne aufstehen und zu der Dame hinübergehen. „Madam", würde sie sagen, „ich habe soeben jemanden kennengelernt und mich mit ihm verlobt. Dann habe ich Sie gesehen und wollte es Ihnen erzählen. Was unterrichten Sie? Verlieben sich Ihre Studenten manchmal in Sie? Durchdringt manchmal etwas den zartgrünen Schleier aus Chanel N° 19, mit dem Sie sich umwickelt haben? Was für ein hübsches hellgraues Kostüm Sie tragen! Als ich mir einmal an der Universität eine Vorlesung angehört habe, trug die Professorin dort ebenfalls ein hellgraues Kostüm, aber es war nicht so schön wie Ihres. Kommen Sie aus England, ja, nicht wahr?"

Mit der aus der Zeitung herausgerissenen Fotografie des Jungen in der Hand ging Suzanne die Millbank entlang. Sollte sie zu Slezák gehen oder nicht? Letztlich, daß sie am Tag vorher bei ihm gewesen war, was hatte ihr das gebracht? Jetzt war sie verlobt, und niemand konnte ihr den Verlobten wegnehmen und niemand ihn ihr aus der Unterwelt zurückschicken. Was also sollte sie bei Slezák tun? Er würde sie fragen, ob sie bereits angefangen habe, „Wuthering Heights" zu lesen. Aber die Zeit, „Wuthering Heights" zu lesen, war vorbei. Sie hatte das Buch gelesen. Sie hatte für Heathcliff etwas Bestimmtes empfunden, das noch immer schmerzte, wenn sie daran dachte.

Menschen gingen an ihr vorbei, strömten auf die Tate Gallery zu, als ob diese ein Schwimmbecken wäre, wo sie sich alle treffen würden, oder ein Kino, in dem die alten Bilder die Schauspieler waren. Suzanne fühlte sich schwach und müde. Wer waren diese Menschen, die ihr entgegenrannten? Sie hätte gern gewußt, woran sie in dem Moment dachten, in dem sie an ihr vorbeischossen. Kirschen? Ein Abendessen im West End? Die letzte Prüfung des Studiums? Ein Klavierkonzert in der Royal Albert Hall? Noch schnell ein Aspirin kaufen? Wenn sie aus der Tate Gallery wieder rauskommen, ist es Nacht, in allen Zimmern der Stadt. Nach Hause gehen, ins Hotel gehen, ein Bad nehmen, ins Hotelschwimmbecken fallen. Die Frau nehmen, an die Wand stellen, ausziehen, umbringen. Den Mann in sein Bett locken, ihn mit Alkohol übergießen. Sich lieben und dieses ganze seltsame Leben vergessen, das am Abend in sich zusammenfällt wie ein Kuchen, den man aus dem Backrohr genommen hat.

Bestimmt hat der Chirurgie-Professor, bei dem meine Frau arbeitet, sich in sie verliebt, überlegte Slezák, als es klingelte.

Mit unsicheren Schritten betrat Suzanne die Praxis.

Ich hatte doch „nächste Woche" zu ihr gesagt, erinnerte sich Slezák, aber er sagte nichts. Konnte sie plötzlich alles von ihm verlangen? Das Mädchen glich weder S.K., natürlich, noch Natasha. Aber er mußte an beide denken, als er sie sah, und war plötzlich so verzweifelt, daß er sich am liebsten in ihre Arme geworfen und abwechselnd geflüstert hätte: „Natasha, Natasha!" und „Sarah, ich wußte, ich würde Sie einmal treffen." Stattdessen blieb er an seinem Schreibtisch sitzen und warf mit einer mürrischen Geste die Postkarte um, die er Natasha hatte schicken wollen. Einen Moment lang stellte er sich vor, er wäre einer von Natashas Professoren gewesen, er hätte sie geprüft, sie wäre königlich vor ihm gestanden, denn sie wußte alles, wonach er fragte, aber er … zumindest war er es, der die Fragen stellte. Sie wäre so vor ihm gestanden, daß er nicht gewußt hätte, ob sie die ganze Nacht mit einem Liebhaber zusammen war oder mit ihren Büchern.

„Wie geht es Ihnen, Suzanne?" fragte Slezák.

Suzanne beschloß, nichts von dem toten Jungen zu erzählen.

„Ich war in der Stadt, am Piccadilly Circus. Bienenschwärme von Menschen. Am Trafalgar Square war es ruhiger. Blasse Sonnenstrahlen drangen bis zu den Säulen der National Gallery vor. Eine Gruppe Japaner bat mich, sie zu fotografieren."

Das Mädchen nehmen, es in den Park ziehen, auf eine Parkbank legen, es unter Küssen begraben, es auf den Boden legen, in das eiskalte Gras legen, dort, wo der Schnee geschmolzen ist. Ihm eine gestohlene Lilie aus den Kew Gardens schenken.

„Woran denken Sie, wenn Sie Rossettis ‚Ecce Ancilla Domini' ansehen?"

Schon wieder diese Frage! Inzwischen war er selbst wieder in der Tate Gallery gewesen und hatte gelesen, was auf dem Täfelchen neben dem Bild stand … *Usually the Virgin is shown in studious contemplation, but here she rises awkwardly from her bed as though disturbed while asleep. R. used white as the dominant colour in this canvas in order to reinforce the idea of purity … Contemporary critics howled with outrage at the picture, denouncing it as ‚an example of the perversion of talent which has recently been making so much headway'.*

Slezák stand auf. Anstatt zum Bücherregal zu gehen wie das letzte Mal, suchte er nach einer bestimmten Musik, um sie Suzanne vorzuspielen. Die silbrige Anlage spiegelte sich in einem der zwei großen Fenster.

Chopins Piano-Sonate No. 2, gespielt von der Sphinx Martha Argerich. Er hatte diese Musik bereits als Junge gehört, er war durch die „Avenue", die einzige breite Straße, gegangen, und aus einem Fenster war diese Musik gekommen. Eine Zeitlang kehrte er jeden Abend in die Avenue zurück. Er stellte sich ein altes schwarzes Klavier vor, ein unglückliches Mädchen, das vor Glück starb, wenn es dieses Stück spielte. Er hätte dieses Mädchen sofort geheiratet. Er hätte alles getan, um die Musik nicht verstummen zu lassen, und das Mädchen Abend für Abend gezwungen zu spielen.

Slezák bemerkte Suzannes blaues Kleid und schloß kurz die Augen.

„Sie könnten zur Abwechslung einmal in den Hyde Park gehen und dort die Enten der Serpentine füttern", sagte er.

Suzanne zog ihren Mantel an und verschwand.

Slezák öffnete eine Schublade seines Schreibtisches, dessen Platte mit grünem Leder bespannt war, und zog einen Stadtplan heraus. Er verfolgte den Lauf der Themse durch die Stadt. Dann überflog er die Namen der Brücken, dann die der Bezirke (kannte er sie noch alle?). Schließlich fing er irgendwo an, die Straßennamen zu lesen.

„Einmal", sagte Suzanne, „hatten sich in der U-Bahn-Station ein paar Jungen vor den Geleisen um einen Ghettoblaster versammelt, der klagende, arabische Lieder spielte. Auch ein Mädchen mit einem roten Haar-knoten stand bei ihnen. Sie bewegte sich leicht, sehr leicht zu dieser Musik und hatte ein fein liniertes Gesicht. Als ich an ihr vorüberschritt, blickte sie mich an. Dieser Blick war so intensiv, daß er mir den Atem abschnürte, und die Musik wurde immer lauter, wieder-kehrende Rhythmen verstärkten die Klage … Der Zug kam. Die Türen wurden geöffnet, ich stieg ein, blickte um mich und klammerte mich an meine Tasche. Gleißendes Licht schoß aus der Neonröhre der Waggondecke herab. Ich schloß die Augen. Da schrie mir eine Stimme in meinem Kopf zu: Du mußt aussteigen! Ich hielt es fast nicht aus, bis zur nächsten Station zu warten. Meine Finger umklammerten den Riemen der Tasche, als wäre die Tasche ein Mörder, und die Finger am Arm des Mörders flehten, der Mord möge nicht geschehen. An der nächsten Station stieg ich zitternd aus. Ich ging nicht zur Academy, sondern in die Kew Gardens. Dort, in der Nähe der chinesischen Pagode, habe ich Odette gefunden. Sie war halb verhungert, weiß, schmutzig und hatte blaue Augen. Ich nahm ein Taxi und fuhr nach Hause. Der Taxifahrer erzählte mir, daß er in Heathrow wohnte, in einem Backsteinhäuschen mit einem kleinen Garten, in dem er, seit seine Frau gestorben war, Orchideen und chinesische Rosen züchtete. Er besuchte selbst oft den Botanischen Garten und fand es süß, daß ich Odette mitnahm. Einmal ist er zu mir gekommen, um Odette zu sehen … Es war sozusagen das Mädchen, oder der Zug, oder meine eigene Stimme, die mich zu Odette geführt hat."

Slezák spielte mit dem silbernen Bleistiftspitzer. Er hatte eine kleine Sammlung von Bleistiften auf dem Schreibtisch, die alle unterschiedlich lang waren.

Was mit ihr machen? fragte er sich und betrachtete Suzannes blonde Haare, die zu einem lockeren Knoten zusammengefaßt waren. Sie trug einen grauen Rock und darüber eine schwarze Jacke. Transparentes Mädchen mit blaugrünen Augen, aus dem Fenster sehend. Slezák hatte die Postkarte für Natasha in den Schnee geschmissen.

"Ich kann zweiunddreißig fouettés", sagte Suzanne. "Da unten sind die Leute, die Bühne ist dunkel, beinahe schwarz, eine Sonne aus künstlichem Licht begleitet meine Schritte. Ich bin allein auf der Bühne. Ich war immer allein, aber nie so allein wie hier, auf der Bühne. Ich atme sehr schnell, Schweißperlen fallen auf das schwarze Tutu."

Ob Natasha getanzt hatte? Nein, Natasha hatte Klavier gespielt. Natasha war das unglückliche Mädchen, das Abend für Abend Chopin spielte. Aber warum war er nach London gegangen und sie nach Paris?

Seine erste Patientin im Krankenhaus war ein achtzehnjähriges Mädchen gewesen. Es hatte Epilepsie und war von zu Hause fortgerannt. Bleich und schön wie eine Statue lag es im Bett, und dann verschwand es wieder.

„Als Kind", sagte Suzanne, „hat Papa mich geschlagen. Oft hatte ich das Gefühl, Papa sei tot, und wenn er mich schlug, begann er für einen Moment wieder zu leben. Ich liebte ihn sehr. Indem ich mich schlagen ließ, gab ich ihm etwas von seinem Leben zurück, und er ... reinigte mich mit seinen Schlägen ... Ich war eine schlechte Tochter."

Das Mädchen mit den schwarzen Haaren, erinnerte sich Slezák. Er hatte gewußt, daß sein Kollege Dr. Cornford ein sonderbares Verhältnis mit ihr hatte, ja, Cornford hatte es sogar gewagt, mit ihm darüber zu sprechen und ihm einige Details nicht vorzuenthalten. Wenn Cornford an der Reihe war, die Gruppentherapie abzuhalten, zog er seinen weißen Mantel aus, setzte sich als erster auf einen Stuhl und spreizte die Beine. Die Patientinnen mußten ihm alles erzählen. Gierig fraß er ihre Worte auf. „Miss Agatha", pflegte er zu sagen, „ist unser wandelndes Lexikon. Sie ist hochintelligent. Miss Agatha, sagen Sie den anderen, wie intelligent Sie sind und daß Sie Ihr Abitur mit Höchstnote bestanden haben." Agatha lächelte. Sie saß links von Cornford. Ihr Gesicht war außerordentlich blaß, außerordentlich rein.

146

Sie war zwanzig und sah erwachsen aus, aber mit diesem Blick des kleinen Mädchens. Die anderen Patientinnen bewunderten oder beneideten und haßten sie. Sogar jede Neue wußte sofort, daß Dr. Cornford nur an Agatha dachte. Jede andere war eine Puppe, die nur dazu diente, Teil eines reglosen Chores zu sein, vor dem die Protagonistin Agatha gleich wieder in die Hauptrolle schlüpfen würde. „Als ich zum erstenmal zur Universität ging", sagte Agatha einmal, „habe ich es nicht geschafft, in den Hörsaal einzutreten. Ich war überzeugt, jedem würde sofort auffallen, wie häßlich ich bin." Agatha war außerordentlich hübsch. Cornford schaute oft in die Runde und meinte dann: „Bitte erklären Sie Miss Agatha, wie hübsch sie ist." Mit der Zeit begann Agatha, jeden Tag zu kommen, unabhängig von der Gruppe. Sie verbrachte Stunden im Zimmer von Cornford. Wenn er herauskam, lächelte er genauso wie Agatha lächelte. Sein weißer Mantel war immer offen. Jeder seiner Schritte war eine ekelhafte Einladung, die er, außer bei Agatha, als Folterwerkzeug einsetzte. „Nun, Miss X, was empfinden Sie, wenn ich meine Hand auf Sie lege?" war eine seiner Lieblingsfragen. Im ersten Moment fühlte Miss X sich geschmeichelt, denn sie war scheinbar auf die Stufe von Agatha gehoben worden. Im nächsten Moment weinte Miss X, denn sie wußte, daß sie hinters Licht geführt worden war. Im übernächsten Moment fiel Miss X stärker in ihre Krankheitssymptome zurück, sodaß man ihre Medikation erhöhen mußte. Dr. Cornford strahlte jene gefährliche Anziehungskraft aus, die manchen mißhandelten Mädchen nicht unbekannt war. An beinahe jedem Samstag fuhr Agatha mit der U-Bahn zu dem Therapiezentrum, wo Cornford am Wochenende Dienst hatte. Es war ein altes Hotel, mit einem Schimmbecken und einem Park mit großen, hohen Bäumen. „Als Kind", sagte Agatha in der Gruppe,

„war ich sehr brav, viel braver als meine Cousinen, ich habe immer in ein Heft gezeichnet." Nach dem Abitur war Agatha kurze Zeit Stewardess gewesen, aber wegen des schlechten Gesundheitszustandes hat ihr Chef sie rausgeschmissen. Manchmal blieb sie freiwillig ein paar Wochen auf der Station im Krankenhaus und erbrach die Medikamente, die man ihr gab. Im Sommer ließ man sie schwimmen gehen. „Sie ist so begabt, so schön, oh, aber sie hat Schreckliches erlebt", sagte Miss X zu Miss X. Samstags also fuhr Agatha zu dem Therapiezentrum. Cornford empfing sie und legte seine Hand auf ihre Schulter. Ihr Gesicht mit den hellblauen Katzenaugen war glatt wie eine perfekte Fotografie. „Ich liebe es", sagte Agatha, „wenn es Herbst wird und die Blüten im Regent's Park längst verblüht sind." Und dann: „Es erscheint mir seltsam, daß ich ein Mensch bin. Lange Zeit hatte ich das nicht geglaubt, ich hatte gedacht, ich wäre etwas anderes, aber jetzt weiß ich, daß auch ich ein Mensch bin und Sehnsucht habe, das zu tun, was die anderen Menschen tun." Cornford rauchte eine Zigarette nach der anderen. Seine Hände und Arme waren voller Haare, sodaß er einem Affen glich. Einmal ließ er ein anderes Mädchen in das Zentrum kommen, im Winter. Es schneite. Anna T. – die später Patientin von Slezák werden sollte – stieg aus der U-Bahn-Station empor. Cornford hatte ihr auf umständliche Weise den Weg erklärt, und sie fühlte sich wie Ariadne im Labyrinth. Eine dicke Schneeschicht begrub das Dach des ehemaligen Hotels unter sich. Cornford empfing Anna T.

148 genauso, wie er Agatha empfangen hatte. Er streckte ihr den Arm entgegen, lachte, legte seine Hand auf ihre Schulter. Er sagte: „Sie sind eine interessante Frau, Anna T. Vergessen Sie die Inquisition des Geistes und versuchen Sie, etwas zu fühlen. Ich hatte beinahe gedacht, Sie würden nicht kommen." Draußen vor dem Fenster

sammelte sich der vom Himmel fallende Schnee auf den Ästen eines schäbigen Weihnachtsbaumes; die Äste krümmten sich mitleiderregend unter der Last. „Was fühlen Sie da, wo meine Hand liegt?" „Leere", erwiderte Anna T. „Leere? Warum? Tragen Sie keine Unterwäsche?" „Leere", wiederholte Anna T. „Warum reißen Sie sich nicht die Kleider vom Leib?" „Warum?" fragte Anna T. zurück. „Weil Sie so und anders bald nackt sein werden." Die Hand lag noch immer auf ihrer rechten Schulter. „Übrigens, Miss T., es gefällt mir besser, wenn Sie Ihre Haare offen tragen." Anna T. lief hinaus. Sie fragte sich, wie es früher in dem Hotel ausgesehen hatte. Sie stolperte durch den tiefen Schnee des Parks. Gleich würde sie bei der U-Bahn sein, gleich würde die Unterwelt sie verschlucken.

„Doktor Slezák", rief Suzanne, „träumen Sie?"

Slezák schreckte auf.

Eine Geschichte zwischen zwei oder mehreren Personen, dachte Slezák, ergab sich immer erst aus einer dritten Person, die diese beobachtete. Die Geschichte wird ergänzt, verkürzt, verfälscht, kurz: ein Mysterium.

Manchmal, überlegte Slezák, als er aufwachte, ähnelte ein Mensch seiner Telefonnummer. Könnte die Nummer 3339444 zu Agatha passen? Wenn er an ihr vorbeigegangen war, hatte sie ein trauriges Lächeln auf den Lippen gehabt, das eine Botschaft an ihn, Slezák, enthielt ... *Sie wissen, wohin ich jetzt gehe. Sie wissen es.*

Slezák wickelte sich aus den Decken wie ein Mädchen.

Auf jeden Fall, dachte er, ist Agatha Vergangenheit, und Suzanne ist Gegenwart, genauso wie meine Frau, die Tierärztin. Agathas Jeans, die hellblaue Bluse, die Sonnenbrille: Vergangenheit. Agatha, blaues Mädchen aus dem blauen Himmel der Vergangenheit. Hatte er jemals mit ihr gesprochen? Einmal hatte er die Gruppe geleitet. Agatha hatte keinen Satz gesagt. Cornford war zu ihrer persönlichen Sirene geworden, die alle anderen Personen in ihrem Leben ausgeschaltet hatte. Plötzlich kam Agatha abends in die Klinik, und dann auch nachts. Sie trat ein in irgendein Zimmer, das Cornford ihr geöffnet hatte, und ihre Seele quiekte wie eine kleine Maus. *Etwas würde geschehen* … Vielleicht ging es darum, um dieses verlogene Versprechen, daß etwas geschehen würde, als ob ab dem Moment, ab dem es dieses Versprechen nicht mehr gäbe (dieses Versprechen, das Cornford provozierend verkörperte), niemals mehr etwas geschehen könnte.

Suzanne, schien ihm, war wie er selbst, resigniert und von der Ruhe der Insekten, die immer surrten und summten. Suzanne erwartete nichts. Aber sie war bestimmt fähig, abends rosafarbene Wolkenschichten am Himmel zu erkennen und dann in die Themse zu blicken und dort dasselbe zu sehen: rosafarbene Wolken, kein Unterschied, ob diese in der Themse gespiegelt waren oder sich im Himmel befanden. Wie oft sie wohl schon vor der chinesischen Pagode in den Kew Gardens gestanden hatte? Er war sich sicher, daß Suzanne keine Fremden ansprach und keine Fremden sie. Einmal sollte er sie vielleicht fragen, welche Blumen sie am liebsten mochte, und er könnte sie einmal begleiten, zum See zum Beispiel. Aber warum? Warum ging Suzanne in die Kew Gardens? Warum war er gerade nach London gegangen, vor Jahren, ohne Natasha? Und warum lebte er ohne Katzen? Wie konnte man ohne Katzen leben?

150 Plötzlich glitzerte der Schneerest am Rande der Straßen bunt wie Konfetti, und die Sonne schmiegte sich den Dächern an wie eine Katze an die Schale, aus der sie gleich die Milch aufschlecken wird – und wie immer im beginnenden Frühling stolzierten die Katzen selbst wie Prinzessinnen in den strahlenden Hinterhöfen herum.

Suzanne setzte sich mit Odette auf das Fensterbrett. Sie verfolgte die Vögel am Himmel, zuerst die Tauben, dann die Raben, dann noch die Spatzen und schließlich die Flugzeuge.

Manchmal, dachte Suzanne, durchquerte man die Plätze und Straßen der Stadt, um etwas Bestimmtes zu suchen, und eigentlich suchte man immer etwas anderes als das, was man zu suchen vorhatte. Ich will zum Beispiel zur Vauxhall Bridge gehen, aber in Wirklichkeit will ich nicht die Vauxhall Bridge sehen, sondern … den Hafen von Tokyo? Sehe ich dann den Hafen von Tokyo gespiegelt in der Vauxhall Bridge? Und würde ich am Hafen von Tokyo vielleicht die Vauxhall Bridge sehen, auf der ich, ohne es zu wissen, einmal vom Hafen von Tokyo geträumt hatte? Der Wecker neben Suzannes Bett begann zu ticken. Auf dem Bett lag die Spielzeugkatze, die Suzanne als Kind von ihren Eltern statt einer wirklichen Katze zum Geburtstag bekommen hatte und die Odette, wenn Suzanne nicht da war, Gesellschaft leistete. Jetzt aber war Suzanne da.

Suzanne küßte Odette, zog sich eine hellblaue Strickjacke an und verließ ihr kleines Apartment. Immer wenn sie ging, war sie einen Augenblick lang traurig, denn es fiel ihr schwer, Odette zu verlassen, überhaupt jetzt, wo sie ein Fenster nicht ganz schloß, damit sich in ihrer Abwesenheit reine, klare Luft im Apartment sammeln konnte.

Die Autorinnen und Autoren

Markus J. Außerhofer, geb. 1964 in Weissenbach/ Ahrntal, lebt nach verschiedenen Studienaufenthalten wieder an seinem Geburtsort. Veröffentlichungen in Anthologien und Zeitschriften.

Toni Bernhart, geb. 1971 in Meran, aufgewachsen im Vinschgau, Studium in Wien, lebt in Berlin. Bücher u.a.: Adfection derer Cörper, Deutscher Universitäts-Verlag 2003; Lasamarmo und andere Stücke, Skarabæus 2002; Vinschgauwärts, Athesia 1998

Bettina Galvagni, geb. 1976 in Bozen, lebt in Neumarkt. Bücher: Melancholia, Residenzverlag 1997; Persona, Luchterhand 2002. Die hier abgedruckten Erzählungen sind erstmalig in filadrëssa 02/2002 (Chinesische Pagode) bzw. in Kunstwerk Menschlichkeit, Athesia 2002 (Anästhesie) erschienen.

Michaela Grüner, geb. 1972 in Bruneck, lebt in Olang und arbeitet als Bibliothekarin. Veröffentlichungen in Anthologien und Kulturzeitschriften. Die ersten zwei Kapitel aus „Martini weiß“ sind in leicht veränderter Form im Skolast Nr. 46/2002 erschienen.

Igo Lanthaler, geb. 1967, diverse Studienaufenthalte im Ausland, lebt heute in Moos/Passeier. „Aus der neuen Welt“ und „Der Norden“ sind seine ersten Veröffentlichungen.

Selma Mahlknecht, geb. 1979, Studium in Wien, wohnhaft in Plaus. Veröffentlichungen: ausgebrochen, Edition Raetia 2003

Margareth Obexer, geb. 1970 in Brixen, Dramaturgin, Autorin von Theaterstücken und Hörspielen, lebt in Berlin. Bücher: Das Herz eines Bastards. Geschichten und Essays, Athesia 2003

Martin Pichler, geb. 1970 in Bozen, lebt als Lehrer und Autor in Bozen. Bücher: Lunaspina, Skarabæus 2001

Anne Marie Pircher, geb. 1964 in Schenna bei Meran, lebt in Kuens. Bücher: bloßfüßig. Texte mit Illustrationen, Berenkamp 2000; Kopfüber an einem Baum, Skarabæus 2003.

Anna Stecher, geb. 1980 in Meran, Studentin, lebt nach einjährigem Studienaufenthalt in Peking z.Zt. in Bologna. „Die Sprache der Katzen" ist ihre erste Veröffentlichung in Buchform.